赤と青とエスキース

Red and Blue and esquisse

Michiko Aoyama

青山美智子

PHP

Contents

プロローグ

壁にかかった一枚の絵の前に、わたしは立つ。
その絵は、多くを語り出す。わたしだけにわかる言葉で。
わたしは愛《いと》しいその姿と向き合い、ほほえみかける。

ああ、いい絵だ。

一章

金魚とカワセミ

始まれば終わる。

そんなことはみんな知っているはずなのに、気がつかないふりして、あるいは終わりなんかこないってそのときは本気で思って、かんたんに人を好きになったりする。もしくは誰かに好きって言われて、なんだか自分もそんな気になって、私もよって答えたりする。そんなふたりが世界中にあふれている。鍋の中に沸《わ》いた湯のあぶくが消えるみたいにぽこぽこと、あちらこちらで始まっては終わっていく。

なんだってそうだ。スタートさせるのは思いのほか容易なことで、おしまいはいつも、あっけない。難しいのは、続けること。どこが最終地点なのかわからないまま、変わりながら、だけど変わらないで、ただ続けること。

絵のモデルをやってくれないかと、頼まれた。

一月になったばかりのメルボルンは夏真っ盛りで、ヤラ川沿いのオープンカフェにいた私たちは、大きなパラソルで陽ざしをよけながらレモネードを飲んでいた。

たくさんの人が行き交う遊歩道の向こうで、水面《みなも》がきらきらと光っている。川なのに、ほのかに潮の香りが漂《ただよ》ってくる気がした。

「俺の友達に画家の卵がいるんだけど、レイの写真を見せたら描きたいって」

私はびっくりして、目を見開いた。モデルにしたいと思わせるような華が自分にあるとは思えなかった。

「なんで私？」

「髪がすてきだって言ってた。こんなストレートのロングヘアって、オーストラリアではなかなか見かけないだろ。前から東洋人の女性を描いてみたかったんだって」

私の長い髪に手櫛《てぐし》を入れながら、彼は言った。パーマやカラーをあてたことのない私の黒髪は、彼の指の隙間《すきま》からさらさらとこぼれていく。

その手の持ち主は、みんなから「ブー」と呼ばれている。その愛称を彼は気に入っているらしく、自己紹介のときに「アイム・ブー（僕はブーです）」としか言わない。オーストラリアには台湾人や韓国人も多いので、最初は日本人なのかどうかもわからなかった。フルネームを知ったのだって、ずいぶん後になってからだ。

「モデルなんて、やったことない」

私が躊躇《ちゆうちょ》していると、ブーは片手を振った。

「ただ座ってればいいんだよ。来週の半ばに、一日だけどうかな。本当は何日かかけてお願いしたいけど、もう日にちがないし」

私は黙った。ちょっと変な間《ま》ができて、ブーが顔をそらしながら頬杖《ほおづえ》をついた。私も目を伏せ、ストローをもてあそぶ。

日にちがない。だって私は来週末、日本に帰るからだ。

私が交換留学生としてメルボルンに降り立ったのは、去年の一月下旬だ。こちらの大学の新学期が始まる二月に向けてのことだった。まるっと一年間、ここで過ごした。諸々の手続きを終え、帰りのフライトチケットも取ってある。私はこのあと日本の大学に戻って、もう一年間、卒業に必要な課目をこなすのだ。そしてさらに、就職活動や卒業論文が待っている。

うつむいていたブーが突然、ぱっとスイッチが切り替わったように明るい笑顔をこちらに向けた。

「一日だけ頼むよ。エスキースだけでいいって言ってるから」

「エスキース？」

聞きなれない言葉に、私は顔を上げる。

「下絵のこと。本番を描く前に、構図を取るデッサンみたいなものだよ。それを見ながら、あらためてじっくり完成させるって。だから一日……半日でもいいよ」

屈託《くったく》のない、朗《ほが》らかな声だった。ブーのこんな口調《くちょう》に、私はいつも丸め込まれている。

「……いいけど」

私が言うと、ブーはへへっと笑い、「画家の卵の友達」について語り始めた。

アルバイトをいくつも掛け持ちしながら、水彩画をメインに独学で絵を描いているという。二十歳《はたち》になったばかりだというから、ブーや私よりもひとつ年下だ。

「ジャック・ジャクソンっていうんだ。本名なんだよ、カッコいいだろ」

ブーは白い歯を見せながら、自分のことみたいに得意げに言った。

川から風が吹いてきてブーの長い前髪を揺らす。現れたフラットな額《ひたい》、くっきりとした眉《まゆ》。二重まぶたが縁取《ふちど》る目は丸い。お節《せち》料理の黒豆みたいに、つやっと光っている。

私はあと何度、この顔を見ることができるのだろう。

ジャック・ジャクソンは、西洋人にしては小柄なひとだった。百六十センチに届かない私と同じぐらいだ。明るいブラウンの髪はくしゅくしゅとうねり、小さな目は賢そうでありながらどこかあどけなくて、木の陰にいるおとなしい小動物を思わせた。

ブーが私を紹介し、私も挨拶《あいさつ》をする。ジャックはちょっと首を傾《かたむ》け、ほほえんだ。日本語はあまりわからないとブーが言っていた。私たちは英語で軽く雑談をした。

訪れたのは、ジャックのアトリエ……といってもつまり、それは彼の住むアパートだった。外は晴れていたけど、ここは雨の日みたいなしっとり水っぽい匂《にお》いがした。

窓際の壁にくっつけるようにして小さなベッドがあり、備え付けの家具は最小限で、どれもすっかり色あせている。

部屋の中央に画用紙を載せたイーゼルが置かれている。彼はその前の丸《まる》椅子《いす》に座った。向かい合わせに、背もたれのついた木製の椅子がある。

「そこに座って」

ジャックに言われるまま腰を下ろすと、四つ足のどこかがすり減っているのか座面がゆがんでいるのか、わずかにかたんと椅子が傾いた。

真正面を向いて座った私を見て、ジャックがはにかみながら言った。

「少しだけ、斜めを向いてくれるかな。このあたりを見てもらえると」

ジャックは左手で自分の隣に空《くう》を掻《か》く。そこにはブーのために用意されたのであろう丸椅子も置かれていたけど、彼はそこには座らず、本棚にある本をチェックしたり窓の外を眺《なが》めたりして、子どもみたいに落ち着きなくうろうろしていた。

私が少し姿勢をずらすと、ジャックはこわいくらいにじっと私を見る。なんだか緊張して、体がこわばった。

「動いても大丈夫だよ。リラックスして」

窓際に立っていたブーが、わざと変な顔をして私を笑わせようとする。それを無視して、つんとすまして顎《あご》を上げると、ブーはにやにやしながらベッドの端に座り、手近にあった画集を開き始めた。

ふっと頬《ほお》をゆるませ、ジャックが言った。

「きれいな色の服だね」

私が着ている赤いコットンブラウスのことだ。シンプルな丸襟《まるえり》で、半袖《はんそで》の先がフリルになっている。胸元には青い鳥のブローチをつけていた。絵のモデルなんて初めてで、どんな服を選べばいいのかわからなくて、さんざん悩んでこれにした。

私があの日もこのブラウスを着ていたことを、ブーは覚えているだろうか。

*

ブーと知り合ったのは、去年の三月のはじめだ。

私はシティにある免税店でアルバイトをしていた。日本人の学生を快《こころよ》く雇《やと》ってくれるのは、観光客の訪れる土産物屋《みやげものや》や日本食レストランぐらいだ。競争率も高くて、私はメルボルンに来てからすぐ、この店にたどりつくまでいくつもの面接を受けた。

なかなか返事をくれないところもあったし、店内の貼り紙を見てその場で応募したのに

「うちはもう募集していない」と言われることもあった。

週二日、数時間の働きではたいした金額にはならなかったけど、決して裕福ではない両親からの仕送りをこれ以上求めるのも心苦しい。大学のことだけでも精一杯な中、バイト探しにあまり時間をかけたくなかったので、雇ってもらえるだけありがたかった。

ある日、ユリさんという日本人の先輩とシフトが一緒になった。ユリさんはワーキングホリデーでメルボルンに来ている九歳年上の女性だった。

正直なことを言うと私は彼女が苦手だった。あんなに大きな口をあけて、あんなに大きな声で笑う女の人を私は他に知らない。

そして何かあるとやたら大げさに「Oops!《ウプス》」と叫ぶ。ネイティブがよく使う、ちょっとしたミスをしたときや驚いたときの「おっと！」みたいな意味の擬声語《ぎせいご》だ。それを聞くと、どういうわけだか私のほうが恥ずかしい気持ちになった。

それでも職場では数少ない日本人で心強かったし、話しかけられれば無視もできない。

「明日、彼の友達とかいっぱい集まって、公園でバーベキューやるんだ」

客が途切れ、店がひまになったときにユリさんが言った。

「いいですね」

あたりさわりなく受け答えると、「来れば？」と言う。

曖昧《あいまい》に言葉を濁《にご》していると「おいでよ」となり、すぐに「来な」になった。

　メルボルンに来てから一ヵ月が過ぎていた。なのに私は友達のひとりもできなかった。もともと自分から積極的に人と関われるほうではない。でも留学して海外に出たら、私だって変われるんじゃないかという期待があった。

　十代の頃から、自分に何ができるのか、ずっと考えていた。

　英語が好きだった。だから大学も英文科に進んで、交換留学の選抜試験にチャレンジして、合格したときは本当にうれしかった。オーストラリアに行って、生きた英語を学んで、いろいろな経験をして……私は、私を見つけるのだ。そう思った。

　留学関連のパンフレットや経験者のレポートを読んでいるときが一番わくわくした。メルボルンの大学に行きさえすれば私はアクティブになれて、国籍を問わずいろんな友達ができて、英語がペラペラになるのだと浅はかな希望を抱いていた。

　でも、メルボルンに着いた私はまったくうまくやれなかった。薄暗い学生寮の住人たちとはことごとく気が合わなかったし、共同のキッチンやシャワールームも著しく使いづらかった。

　それなら大学で向学心のある同志にめぐりあえればと望んでみたものの、居眠りやおしゃべりばかりの学生たちに囲まれて、彼らのルーズさばかりが目についた。だからといって偉そうに優等生ぶることはできなかった。自信のあった英語もここではさっぱり通じず、私はいきなり劣等生になったからだ。クラスメイトに話しかけるタイミングもわからなくて、気がつけばいつもひとりだった。

思い描いていたのとは、違った。帰りたくなくなるような楽しい留学生活を送るはずだったのに、私はもうすでに日本が恋しくてたまらなかった。

だからといってリタイアもできなかった。交換留学という制度を使っている以上、私を送り出してくれた日本の大学の信頼に関わる。よほどの事情がない限り、途中でキャンセルなんてかなわなかった。

私にとってたったひとつ、なぐさめられる点があるとすれば、期限が一年間だけと決まっていることだった。

年が明けるまで。それまで、そこまで。

時間が過ぎるのを待とう。その間にしっかり単位が取れれば、それでじゅうぶん。

ユリさんは、バーベキューが行われる公園の場所と時間、持ち物の話を始めた。私はまだ、行くとは言っていないのに。

ふと、大学の授業で週明けの課題が出ていたことを思い出す。週末の出来事をスピーチするというものだ。

公園でバーベキューをしました。

本を読みましたとか掃除をしましたとかで乗り切ろうと思っていたけど、こちらのほうが俄然《がぜん》ふさわしい。先生にも「快活な学生」として好印象に違いない。

私の気持ちがバーベキューに傾いたとたん、ユリさんが眉に力を込めたような表情で私に顔を近づけてきた。

「明るい色の服で来なよ。いつも地味なシャツばっかり着てるから暗い子って思われちゃうんだよ」

彼女のストレートな言葉は少なからず私を落ち込ませたが、それは確かにそうかもしれなかった。

それで私はバイトを終えるとショッピングモールに寄り、普段は手にしないような派手めの服を探したのだ。といっても、経済的に余裕はなかったし、大きなサイズばかりで自分に合うものはなかなか置いていなかった。三軒目でようやく見つけたのが、十ドルの赤い半袖のコットンブラウスだった。そして翌日の昼、それを着て出かけた。

気持ちのいい秋の日だった。

案内された緑豊かな広い公園には、コンロがいくつも設置されていた。私たちのほかにも食材を持ち込んで集《つど》っているグループが何組かいて、めいめいに好きなようにバーベキューを楽しんでいた。

ユリさんは私の顔を見ると「おー」と手を振り、そばにいたオーストラリア人の男性を恋人だと言って紹介してくれた。でも、それだけだ。あとは放っておかれた。

話しかけてくれる人が二、三人いた。でも早口でオーストラリア訛《なま》りの英語は聞き取れず、私は「Sorry?（すみません、わかりません）」とか「I beg your pardon?（もう一度言っていただけますか？）」とか、何度も訊《き》き返すことになった。それもだんだん申し訳なくなって、ただ黙って愛想笑《あいそうわら》いを浮かべていたら、そのうちひとりになってしまった。あたりまえだ。

十人ぐらいのメンバーは知らない顔ばかりだった。でもそれは私だけではなかったらしい。そこにいるそれぞれが知り合いに声をかけてきとうに集まったという感じで、どこの誰なのか、必要があればそれもまたてきとうに、そこかしこで行われる自己紹介もアバウトなものだった。それでもみんな、あっというまに仲良くなっていく。私以外は。

アイム・ブー。公園に到着してすぐ、数人の前でそれだけ言った彼が私に話しかけてきたのは、私がドリンクのおかわりをしようとしたときだ。

さかさにしたバケツの上に、箱入りのワインが置かれていた。初めて見る代物《しろもの》だった。二リットルサイズの紙パックに、プラスチックの蛇口《じゃぐち》がついている。珍しくてじっと見ていたら、背後から声がした。

「カスクワインっていうんだよ。そういうボックスタイプのやつ」

のんびりした日本語。振り返ったらブーがいた。

長い前髪が目にかかっている。耳にはピアスの輪。だぶだぶのオーバーオールの肩紐《かたひも》を片方だけ外《はず》して着ていた。だらしないのではなくて、そういうファッションなのだ。

人懐《ひとなつ》こい笑顔を見せながら彼は私の隣にやってきて、紙コップにワインを注《つ》いだ。そして私のほうに差し出す。白いコップの円に満たされた、深みのある赤い液体。

「ありがとう」

私が受け取ると彼は自分のぶんも注ぎ、すぐにこくこくっと音をたてて飲んだ。

「うまい！」

お酒を飲んでいるには似つかわしくない、幼い表情だった。

彼が去ってしまわず隣に立っているので、私は安堵《あんど》を覚えた。彼がそこにいることで、私の「席」ができたような気分だった。

私も紙コップに口をつけた。お酒はそんなに強いほうではないけど、ぶどうの味が濃いそれは、ふくよかな香りが心地よかった。

「金魚みたい」

フリル袖の赤いブラウスを着ている私を見て、ブーはそう言った。

「こんな感じの金魚、子どものころ絵本で見たな。丸いガラス鉢《ばち》の中にいるの」

褒《ほ》められているのかバカにされているのかよくわからず、私は曖昧な笑みを浮かべた。こういうときに上手に返せない自分が歯がゆかった。

それでも、はりつめていた気持ちが勝手にゆるんでいく。私を落ち着かせる日本語に。「金魚」という慣れ親しんだ言葉に。

ブーに促《うなが》され、私たちは紙コップを手にベンチへ移動した。

そして並んでゆっくりワインを飲みながら、お互い少しずつ自分たちのことを話した。

彼が日本からオーストラリアに来たのは、一歳のときらしい。画商であるご両親が永住権を取り、ブーはそれからずっとメルボルンで育ったのだ。日本での暮らしはもちろん覚えていないし、物心ついてからは行ったことがないと言っていた。今はデザインスクールに通っていて、グラフィックの勉強をしているという。

私がブーと同じ年齢で、交換留学で来たばかりだと知ると彼は、「ビクトリア国立美術館は行った？」と言った。まだ、と答えると、矢継《やっ》ぎ早《ばや》にスポットが出てくる。博物館、動物園、植物園。どれもまだだった。

「行かなきゃ。案内するよ」

そこにポニーテールの女の子が通りかかり、「あっ、ブーだ」と日本語で言った。髪の毛を一束だけ、黄色に染めている。

「なにナンパしてんの。相変わらずチャラいなあ」

女の子は笑いながら、ブーの頬に手の甲をぺちっとあてた。ブーは動じず、おどけた口調で言う。

「邪魔するのやめてくださーい。今、きれいなお姉さんと飲んでるんで」

そんな軽口《かるくち》がすんなりと出てくるフランクさを、私は心底うらやましいと思った。

彼にはたくさん友達がいるだろう。誰とでも、どんな会話でも、相手に合わせてぽんぽんとうまくこなす。それは才能だ。私はそういうものを、ひとしずくも持っていない。

ポニーテールの女の子は、初めて私のほうを見た。

「この人、手が早いから気を付けたほうがいいよ」

そう言って彼女は唇《くちびる》の端を上げた。でも、目がぜんぜん笑っていなかった。そして次の瞬間、私なんかそこにいないみたいに、ブーに身を寄せてささやいた。

「来週までに、また飲みに行こうよ」

「うん。いいとき連絡して」

ブーはそれだけ答え、片手を挙げた。彼女も同様に、手を振るようにして去っていく。

その背を見送り、ブーがにこにこと言った。

「あの子ね、三ヵ月の短期留学で来てるの。来週、ビザが切れるんだって」

「そうなんだ」

「日本人の若い子、けっこうひっきりなしに来るよね。留学とか、ワーホリとか」

私は特に返事をせず、ワインを一口飲んだ。

気候が良くて親日家も多いオーストラリアは、渡航先として人気がある。私の通う日本の大学も、メルボルンに姉妹校があることをかなり売りにしていた。私だって、過ごしやすい環境を見込んで選抜試験を受けたのだ。

コンロでは、ユリさんが恋人とふたりで大きなソーセージを焼いていた。身振り手振りで何か言い合って、げらげらと笑っている。芝生《しばふ》に寝転んでいる人、持参したフリスビーを投げ合う人。肉の焦《こ》げるにおい、樹々を渡って吹いてくる風。見上げれば、空が抜けるように青い。

「わあ、ちょっとマジで、やばいって」。ハイトーンの日本語が聞こえてくる。さっきのポニーテールの女の子がブロンドの髪の男性の腕にぶらさがり、大声ではしゃいでいた。

ワインがまわっているのか、私はなんだかぼやんとしながら、目の前に広がる平和な光景を眺めた。

「竜宮城《りゅうぐうじょう》なんだ」

突然、ブーの乾いた声が耳に飛び込んできた。私は目覚ましのアラームを聞いたようにハッとした。

「ここを竜宮城だと思ってるんだ、みんな」

抑揚《よくよう》のない言い方だった。さっきまで無邪気《むじゃき》に笑っていたのに、そのときの彼はすっかり表情をなくしていて、なんだかちょっとだけこわかった。私がガラス鉢の金魚だというのなら、彼は深海に住むさびしい魚みたいだった。

「みんなって、誰？」

私の質問には答えず、彼は淡々と続けた。

「何人も見てきたよ。現実の世界だなんて思ってないんだ。そうして帰っていくんだ」

怒っているのでも、悲しんでいるのでもなかった。

彼はただ、あきらめているのだった。

でもブーはコップの中のワインを飲み干すとたんに陽気になり、それ以降はご機嫌な笑顔しか見せなかった。さっきのあれはなんだったんだろう、というぐらいに。

そして帰り際、メモ用紙にさらさらと電話番号を書きつけ、「いいとき連絡して」と渡してきた。

さっきもそうだったなと思った。いいとき連絡して。あの女の子に彼はそう言っていた。それがブーのスタンスなのだ。選択権は相手にゆだねる。そしてきっと、自分に向けられた誘いを彼は決して拒《こば》まない。

私の連絡先は伝えなかった。訊かれなかったからだ。

そこから私は、手帳に挟んだそのメモ用紙の存在を忘れていた。しばらくして、学校でビクトリア国立美術館の割引券が配布されたときに思い出したのだ。

美術館自体は入場無料で、特設会場にだけ少し料金がかかるらしい。私は美術に詳しいわけじゃないけど、ちょうどそのとき、アンティークのテーブルウェアが特別展示されると知って興味を持った。

チケットは、三名まで割引有効となっていた。私は手帳から取り出した半分折りのメモ用紙を開き、そこに書かれた電話番号を見た。

「この人、手が早いから気を付けたほうがいいよ」

ポニーテールの女の子の言葉が、今さらになって頭をよぎった。

バーベキューの場では、ぽつんとひとりになった心もとなさから、彼がいてくれることにほっとしたのは否《いな》めない。でもたしかに、彼はこうやっていろんな女の子に電話番号をばらまいているんだろう。私が電話をかけたらきっと「俺に気があるんだ」って思われるんだろう。

別に、美術館なんてひとりで行けばいい。

私はメモ用紙を畳《たた》んだ。そしてもう一度手帳に挟もうとして、手が止まった。

「竜宮城なんだ」と言った彼の声、つめたい瞳が、突然浮かんできたのだ。

ふたたびメモ用紙を開く。すべらかな筆跡をじっと見ながら、私はしばらく逡巡《しゅんじゅん》した。

――――友達を。

そう、友達をつくるのだ。

メルボルンの街にあかるくて、英語が堪能《たんのう》で、軽くお茶したり、雑談も相談もできる友達。年が明けるまでの間、彼ならそんな友達になってくれるかもしれない。

バーベキューの日から、二週間が経《た》っていた。

その週末、ビクトリア国立美術館のエントランスで私はブーと待ち合わせした。十五分早く着いたのに彼はもう来ていて、入り口脇の噴水の縁《へり》に座っていた。そして私が近づいていくと、立ち上がる様子もなくへろっと笑い、「早いね！」と言った。

私はまた、あの赤いブラウスを着て行った。彼が私の顔を覚えていないんじゃないかと思ったからだ。

「赤、好きなの？」

噴水の縁から腰を上げ、ブーが言った。私は「うん」と嘘《うそ》をつく。これ一着しか持っていないくせに。

たくさんの人が館の中に入っていく。背の高さや体つき、髪の色も肌の色もいろいろだった。ドーム型にデザインされた半円のエントランスは、人々を呑《の》みこんでいく巨大な口みたいに見えた。

美術館の中はあまりにも広すぎて、一日では見切れないほどだった。二時間ほど回った後、ブーは「休憩《きゆうけい》」と言ってカフェスペースに連れて行ってくれた。売り場でめいめいに食べ物を買い、空《あ》いているテーブル席までトレイで運ぶ。

「あれ、間違ってる」

ブーがトレイの端にある小銭を見て言った。おつりを受け取ったとき、手がふさがっていたのでトレイに置いたのだろう。

「俺、ちょっと行ってくるわ」

売り場に足を向けたブーに「足りなかったの？」と声をかけると、彼は少し振り返って笑った。

「ううん、十セント多くもらっちゃってる」

十セント。十円にも満たない金額を返しに行った彼は、席に戻ってくると大きなフィッシュフライをみるみるたいらげた。盛大な量のチップス（フライドポテト）も、ひとかけらも残さなかった。手を付けたものは絶対に残さないというポリシーのようだった。

コーラを飲んでしまうとブーは席を立った。

「もう一杯、飲み物買ってくる。何かいる？」

「じゃあ、アップルサイダー」

うなずいて去っていくブーの背中が、ざわざわした人混みにまぎれていく。

でもそれからブーは、なかなか戻ってこなかった。十五分経ったころ、さすがに心配になってテーブルにトレイを置いたまま様子を見に行くと、アイスクリーム売り場の前で日本人らしき女の子と楽しそうにしゃべっている姿が目に留《と》まった。

脱力。心配して損した。私はちょっと息を吐《は》き、席に戻った。

手持ちぶさたになり、バッグの中を探る。ハンカチや財布、リップクリームの他には、手帳ぐらいしかない。本でも持ってくればよかった。

テーブルに置かれた、筒に押し込められているペーパーナプキン。私はそれを取り出すと、一度三角に折って余った部分を切り、正方形を作った。

とりあえず、鶴を折る。

ブーは戻ってこない。

また正方形を作り、今度はかぶとにする。

ブーは戻ってこない。

失礼なやつ。こんなところでこんなに人を待たせて、やっぱりチャラいやつ。

帰ろうかな、と思った。なのに、私の手はどんどんペーパーナプキンに伸びてゆき、正方形を作り、思い出せるだけの折り紙作品を生み出していった。

アサガオ。カエル。キツネ。手裏剣《しゅりけん》。風船。

「ごめん！」

ブーが、走ってくる。

そして両手にドリンクを持ったままの状態で「わっ、すげえ！」と叫んだ。

「うまいね、折り紙。ばあちゃんみたい」

……………ばあちゃん。

金魚の次は、ばあちゃんだった。

私が無言でいると、ブーは私の隣に座り、テーブルの端にドリンクを置いた。カエルを手に取り、まじまじと見る。

「これ、どうやって作るの？」

目をきらきらさせている。なんだかうまくはぐらかされている。私は不愛想《ぶあいそう》に「簡単だよ」とペーパーナプキンをまた一枚取り、正方形を作るところからブーに教えた。ブーは興味深そうに私をまねる。

「五歳のとき、日本から一度だけ、ばあちゃんが来たことがあったんだ。嬉しかったなあ。折り紙とか日本の絵本とかいっぱい持ってきてくれて、こうやっていろんなの作って遊んでもらった。俺、それから日本語の本を読むようになったんだよな。八月でさ、日本は真夏だけどこっちは真冬だから、ばあちゃん、不思議だねえってすごくびっくりしてた」

折って、引き出して、畳んで。

テーブルの上で、一枚の平面が立体になっていく。

ぱっと何か思い出したように、「あ」と言いながらブーは私のブラウスを指さした。

「そのときに金魚の絵本、見たんだ。ばあちゃんが持ってきてくれたやつ」

私が「そうなんだ」とそっけなく相槌《あいづち》を打ちながら手を動かしていると、ブーはへへっと笑って言った。

「かわいいよね、赤い金魚」

またそんな無邪気な顔して。

くすぶっていた感情がうっかり消えそうになった。なんだか腹が立つ。私は笑い返したりしない。

折って。ひっくりかえして、また折って。

「できたー、うわー」

ブーは声を上げながらカエルを持ち上げた。どうやったらそうなるのか、ブーが作ったそれは丸っこくてずいぶんと小さかった。

私の作ったカエルの横にそれを並べるとブーは、

「子どもだ」

と、嬉しそうに言った。

「……え、それは変じゃない？　カエルの子どもは、おたまじゃくしでしょ」

「あ、そっか！」

ブーは大爆笑している。私が冷めた口調で言ったのがよけいにおかしかったようで、いつまでも笑いが止まらないらしかった。つられて私も吹き出してしまい、まったく、本当にずるすぎる。

笑いがおさまってくると、ブーは今ごろになって「待たせてごめんね」と言った。

「財布なくしたっていう日本人がいたから。一緒に探してた」

私は答えず、アップルサイダーを一口飲む。知り合いじゃなかったのか。

「信じられないよな。観光客らしいけど、席を取るのに、テーブルに財布置くんだぜ。どれだけのんきさんなんだよ。メルボルンがそこまで治安がいいと思ってんのかな」

私はうなずく。

「よくないよね。寮の冷蔵庫の治安、最悪」

「冷蔵庫？」

「私のハムとか卵とか、しょっちゅう勝手に食べられちゃう。ちゃんと名前書いてるのに、本当に許せない」

ブーはまた大笑いし始めた。私は笑えるようなことなんて何も言ってないのに。

「いいなあ。いい」

ブーは満面の笑みで、うんうん、と大きくうなずいた。

なんだか彼といると、自分が楽しいことを話せているんじゃないかという気持ちにさせられた。それは彼の「手」なのかもしれないけど。

私は恥ずかしさも嬉しさもごまかしたくて、まじめな顔で訊《たず》ねる。

「それで、お財布は見つかったの？」

「うん、見つかった見つかった。置いたテーブルを間違えてたっていうオチ」

「よかったね」

「よかった」

ブーはコーラをちゅうっと吸い上げ、カエルの「子ども」で遊び始めた。

その日の帰り、次に会う約束をした。次に会った帰りには、またその次の。メルボルンに来たからには押さえておくべきスポットが、いくつもあったからだ。彼はナビゲーターとしてすごく優秀だったし、私の英語のささいな間違いもそのつどわかりやすく訂正してくれた。

ブーと一緒にいることが、次に会う約束をすることが、なんとなく自然になっていった。そして会っていないときに、彼を思い出すことが増えていた。

彼は女の子の扱いに長《た》けていて、エスコートされてちょっといい気分にさせられたのは否定できない。だけど私を最も捉《とら》えていたのは、出会ったあの日、「竜宮城なんだ」と言った彼の冷ややかな瞳と声だったと思う。彼の軽妙さに触れるにつれ、逆に強く甦《よみがえ》ってくる情景だった。そしてそれが胸の奥に釣り針みたいに複雑に刺さって取れないまま、容《よう》赦《しゃ》なく私を引っ掻《か》いてくるのだった。

いやだな、と思った。

私は彼を、異性として意識しはじめていた。

仕掛けられた罠《わな》に自分から飛び込んだようなものなのに、まったく不本意だった。彼が私に声をかけたのは気まぐれに過ぎず、不特定多数の女の子に同じように振る舞っているだろう。だいいち、私は一年もしないうちに帰らなくてはならない。

「俺、レイのこと好きだよ。一緒にいたい」

三度目に会った帰り道、寮まで送ってくれた彼にそう言われたとき、だからすぐには何も答えられなかった。どう受け止めようか、どう返そうか。

始まれば終わる。

私がいつも怖いのは、終わりになることじゃなくて、終わりになるんじゃないかと不安になるあのぞわぞわとした時間だ。相手に対して猜疑心《さいぎしん》がめばえたり、知らないことが増えたり、わかってくれていると思っていたことがぜんぜん見当はずれだったり。そのころにはもう、どちらかが熱くて必死で、どちらかが冷めてしらけている。

どちらの立場になっても、私はいつも自分から先に手を放してしまう。持っていられないのだ。熱すぎるものも、冷たすぎるものも。

口にすべき言葉を探し当てられずに私が黙っている間、ブーは神妙な顔つきをしていた。そして突然、クイズの答えがわかったみたいな調子で、人差し指を立てた。

「あのさ、期限つきっていうのは、どう?」

私はぽかんとして、三秒ほどしてようやく「期限つき?」と声を漏《も》らした。

「うん。レイが日本に帰る日までの期間限定で。帰国してからも続けようなんて野暮《やぼ》ったいこと言わないよ。別れるときになってべそべそ泣くなんてダサいこと、しないから」

ブーは明るく言った。

期間限定？

まず驚いて、すぐに納得した。ああ、そういうことが簡単にできてしまう人なんだ。遠距離恋愛は彼にとって野暮ったくて、別れるときに泣くのはダサいことなんだ。

私が竜宮城で遊んで帰っていくのだから自分だって割り切って楽しもうって、そういうことなのだろう。私はその程度にしか思われていないのだ。軽んじられている。好きだと言われてちょっとでも嬉しいなんて思ってしまって、どうしようなんて戸惑《とまど》ってしまって、ばかみたい。その憤《いきどお》りの感情が高ぶる前に――なんだか、ほっとした。

今、終わったと思ったから。始まる前に。

私は淡々と答えた。

「いいよ。期間限定なら」

もう怯《おび》えなくていいのだ。この恋はいつ終わってしまうのだろうなんて。

年が明けるまで。それまで、そこまで。私が留学生じゃなくなるまで。

ブーはちょっとだけ呼吸を止めるような表情をしたあと、すぐにニッと笑った。

「やった。じゃ、そういうことでスタート」

大きく腕を広げ、ブーは私をきゅっと抱きしめた。

私はされるがまま、ぼんやりと肩越しの空を見る。

エンドマークの位置が決まっている関係。上映終了時刻がわかっている映画みたいに。

それならたぶん、お互いに熱すぎず冷たすぎず、持っていられる。

そのときの私には、それがちょうどいい温度のような気がしたのだ。

◇

ジャックは画用紙と私を交互に見ながら、イーゼルの前で指をすべらすような所作《しょさ》をした。そして鉛筆よりもうんと細い真っ黒なスティックを、私に向けて縦にしたり横にしたりしている。

「絵を描く前に、いろんなことするのね」

私は斜めに座ったまま、目だけジャックに向けて笑った。

「構図を考えてるんだ。君をどれくらいの大きさに、どんなふうに紙にのせようかって。

実際に描く前に、イメージの中で遊ぶのが好きなんだ」

ジャックはそう言ったあと、ちょっと苦笑して続けた。

「たぶん、このときが一番、頭の中で完璧《かんぺき》な傑作《けっさく》が出来上がってる」

まだ描かれていない、イメージの中の作品が完璧な傑作。

私の留学もそうだったかもしれない。日本から出発する前の、どきどきしながら思い浮かべていた夢想《むそう》こそが、完璧なメルボルン生活。私も苦笑しそうになったところで、ジャックが続けた。

「でもね、描いているうちに、自分でも予想できないことが起きるんだ。筆が勝手に動いたり、偶発的な芸術が生まれたり。思ったとおりにすらすら描けたらそりゃあ気持ちいいだろうけど、どちらかというとそっちのほうがおもしろくて、絵を描くことがやめられない。たとえ完璧じゃなくても」

私は思わず、顔ごとジャックのほうに向けた。彼の言葉が、猫が着地するみたいにすとんと胸の奥に降りてきたからだ。でもその猫の正体を、私はうまく解き明かすことができなかった。ジャックは片目を閉じ、垂直にしたスティックをぴっと私に合わせる。

「エスキースは、そのとっかかりでね。何をどんなふうに表現したいのか、自分の中にある漠然《ばくぜん》としたものを描きとめて、少し具体的にするんだ。本番じゃないから、誰に見せるわけでもないし何度描き直したっていい。自由なところがすごくいい」

ジャックはゆっくりとそう言い、カッターナイフを取り出した。スティックの先にそっと刃《は》をあてていく。

「それは、何？」

私が訊ねると、ジャックは刃から目をそらさずに「木炭だよ」と答えた。

「枝を拾ってきて、自分で作ってるんだ」
「すごい、自分で作れるなんて」
素直な驚きだったが、ジャックは笑って首を振った。
「鉛筆一本も貴重なぐらい、貧乏なだけだよ。思う存分、たくさんたくさん絵を描きたいから」

*

四月、五月と秋が過ぎていった。ブーはいつでも同じように明るいテンションで、彼のほうから誘いをかけてくれた。私はそれに乗ればよかった。彼と一緒に過ごすようになってから、見える景色がどんどん変わっていくのを私は不思議な想いで眺めていた。

メルボルンは街全体が芸術的だった。立ち並ぶ英国調の建物、レトロなトラム（路面電車）、ストリートアーティストが描いたウォールアート。来たときと同じもののはずなのに、モノトーンがかっていたその風景がしだいに色彩を帯びてきた。それまでの私は、下ばかり見ていたのかもしれない。

日本語で愚痴《ぐち》を言える相手としても、ブーの存在は貴重だった。彼とつきあい始めてからも私は、相変わらず大学やバイト先で起きたささいなことを気にしては落ち込んでいた。いやだなと思っても口にできなかったり、周囲の勢いについ呑みこまれてしまう自分の弱さを嘆いていると、ブーはふざけた返事ばかりして笑い飛ばしてくれた。そして、こう言うのだ。

「堂々としていればいいんだ。俺はレイの気高《けだか》い生命力を知ってるよ」

　そういう言い方で、私を肯定してくれる人は初めてだった。

　最初、照れ隠しに「意味がわからない。生きる力に気高いとかあるの？」と笑ったら、彼は真剣な顔で言った。

「生命力って、生きる力じゃなくて、生きようとする力のことだよ。レイが持ってるその力は、媚《こ》びがなくて清潔だ。俺はそれを感じる」

　正直なことを言えば、私にはそれもやっぱり意味がよくわからなかった。だけどなんだかすごく特別な褒め言葉で、心のうちでは嬉しかった。

　私は少しずつ、萎縮《いしゅく》しがちな自分から解放されていった。私はもしかしたら、ブーの言うように「気高い生命力」を持っているのかもしれない。だから大丈夫なのだ。

　クラスに仲良しの子ができたり、寮で言いたいことがはっきり言えるようになったりしたのは、間違いなくブーのおかげだった。たとえ周囲と多少の齟齬《そご》が起きたとしても、私にはブーがいると思うと勇気が出た。

　彼のどこが好きかと訊かれたら、私はまっさきに「親指」と答える。

ブーは私と手をつないでいるとき、絡《から》めた指から親指だけ少し離して、その腹でそっと私の手を撫《な》でる癖《くせ》があった。私はそのしぐさがとても好きだった。ただ無条件にかわいがられている猫みたいな気持ちになった。

ブーの親指の先はスクエアな形をしていて、短く切りそろえられた爪はいつも健康的な優しい色だった。彼が何かを取るときに手を伸ばすとその親指は、ごつっとした関節から手首にかけて筋を作る。ぴんと張られたその隆起《りゅうき》は力強くて、彼のそばにいれば怖いことはなにひとつ起こらないように思えた。

日本にいるときはきっとしないことを、私はたくさんした。

ボリューミーなつけまつげを装着すること、ばかでかいサングラスを頭に載せること。

パブで踊り出した他の客にのせられて、一緒になって腰を揺らすこと。

横断歩道の前で信号待ちするときに、ブーと軽くキスをかわすこと。

八月、つめたい冬の日に、ユリさんが帰国すると聞いた。ワーキングホリデーのビザが切れるらしかった。彼女はとっくに免税店を辞めていたのでバイトで一緒になることはなかったけど、「もうすぐ帰るから、いらないものあげる」と言って連絡をくれたのだ。「いらないならもらいます」と私は答えて、カフェで久しぶりにユリさんと会った。

私が店に入っていくと、彼女は一番奥のテーブル席に座って煙草《タバコ》を吸っていた。私を認め、軽く手を上げて灰皿に煙草を押し付ける。

「お待たせしました」

ユリさんの前に腰を下ろした私に、彼女はちょっと目を細めた。

「なんか、あか抜けたね」

「そうですか？」

私はコートを脱いで椅子の背もたれにかけた。

さっそく、紙袋が手渡される。中には、小型のラジオと文庫本数冊、紫蘇《しそ》のふりかけやインスタント味噌汁《みそしる》などが入っていた。

お互いの軽い近況報告をしたあと、ユリさんはくわあっと大きな口を開けて言った。

「あー、楽しかったなあ、オーストラリア」

さびしそうでもあり、どこかすっきりした顔だった。彼女は夢みたいな世界を存分に楽しんで、現実に帰っていくのだ。ほんのちょっぴり、ブーの気持ちがわかるような気がした。私はぽつんと訊ねる。

「……竜宮城みたいに？」

彼女は「ええ？」と首をかしげた。

「どうだろ。そもそも、亀なんか助けてないからねぇ」

「あの、ユリさんは彼とは……」

　私がおずおずと切り出すと、ユリさんはカラカラと笑った。

「何も決めてない。なるようにしかならないわよ」

　コーヒーに口をつけ、カップを持ったまま彼女は私の顔をのぞきこんだ。

「恋愛相談なら聞くわよ」

　ぎくりとしたが、私は平静を装って髪の毛の先をいじる。

「私じゃなくて、友達の話なんですけど。帰国するまでの期間限定のつきあいとか、どう思います？」

　それを聞いたユリさんは大げさに笑いながら音を立ててカップを皿に置き、はずみでこぼれたコーヒーを見て「Oops!《ウプス》」と叫んだ。久しぶりに聞いた。嫌《けん》悪《お》感《かん》よりもおかしさがこみあげてきて、思わず私も笑ってしまった。

「期間限定ねえ。季節のメニューみたい。桃とかメロンとか、栗のデザート。いいんじゃない？　限定品って思うとありがたみが増して、いっそう甘く感じるわよ」

　そう言ってユリさんは、また大声で笑った。私はその声にかき消されそうなぐらい小さく、ひとりごとのように彼女に訊ねた。

「季節が過ぎれば手に入らないなら、そのときだけしっかり楽しむっていうのも、アリですよね」

アリだろうね、と言ってユリさんは頬杖をついた。

「でもそれは、恋みたいなもの、よ」

みたいなもの？

顔を傾けた私に、彼女は続ける。

「よく恋に落ちるって言い方するけど、私はあれ、来るんだと思うね」

「来る、ですか」

「うん。勝手に来る。うわーっ、来た！ってこともあるし、気がついたらいたのねってこともある。来るのは彼じゃないんだよ、恋なの。不可抗力に、彼じゃなくて恋に振り回されるのよ」

ユリさんはテーブルに置いてあった煙草の箱から新しく一本取り出し、火をつけた。

「だから、隣に彼がいても恋が去っていたらおしまい。逆に彼がいなくなっても、恋がここにいる限りは終わらない」

だとしたら……。

だとしたら、ふたりの間で期限なんか決めたって仕方ないってこと？

「まあでも、誰でも玉手箱を持ってるものなんじゃない？　ただ、玉手箱を開けたらあっというまに老人になるっていうのは違うと思うの。そうじゃなくて、箱を開いて過去をしみじみ懐かしんでいるときに、自分が年を取ったことを知るのよ、きっと」

煙草の先から、けむりが立ちのぼっている。

「そのときに年を重ねた自分のことを悲しく思わないで、誇りを持てるように私はなりたいの。あの頃はよかったなあって嘆くんじゃなくて、箱の中にいる若い私にちゃんと胸が張れるように」

私はハッと彼女を見る。すべてにおいて積極的なユリさん。一瞬一瞬を大げさなくらい楽しんで味わっているユリさん。その姿勢を初めて理解できた気がした。ユリさんはおいしそうに煙草を吸ったあと、私にほほえみかけた。

「お友達に伝えて。どこにいても何をしていても、いつの世でも、人のやることは同じよ。食べて眠って起きて、好きになったり嫌いになったりするのよ」

◇

ジャックは木炭の先端をカッターナイフで斜めに削り、平たく尖《とが》った「画材」を作り上げた。新聞紙の上にこぼれおちた木屑《きくず》は、砂鉄みたいな黒い粉になった。すぐそばのチェストに、彼は慎重に新聞紙を置く。

「描いていくよ」

ジャックが言うと、ブーがぱっと顔を上げた。広げていた画集を閉じ、ジャックの隣に歩み寄る。

立ったままイーゼルのほうにかがみこみ、ブーはジャックの手元を凝《ぎょう》視《し》した。画家が絵を描く姿に、興《きょう》味《み》津々《しんしん》のようだった。

私からは、画用紙は見えない。ジャックの腕の動きから、木炭の先で線を引いたり、寝かせて塗り込んだりしているのだろうという想像はできた。もっとも私は彼から視線を少しずらしていたので、それはなんとなく視界に入ってくる動きから感じたことだ。

ジャックは時折、直接画用紙を指でたたいたり、さっき削った木炭の粉をちょっとすくってこすりつけたりしていた。ブーがそのたびに「へえ」とか「おお」とか言うので、私は画用紙でどんなことが繰り広げられているのかすごく知りたかった。なにしろ、私が描かれているのだ。

「ねえ、私も見たいんだけど」

私が言うと、ジャックではなくブーがぴしりと制した。

「だめ。これはまだ、レイに知られてはいけない」

「ブーは見てるじゃない。ずるい」

「第三者はいいんだ。でも、ジャックにとってレイがどんなふうに映りだしたか、その過程は本人には見せられないよ。今、想いをこっそり育ててるとこだから、相手に知られたら余計な感情が出てきて違うものになっちゃう」

「なによ、それ。わかったようなこと言って」

私は見るのをあきらめて黙った。

少しの間、誰もが無口になる。シンとした部屋で、木炭が紙をこするかさかさという音だけが、小気味よく響いていた。

*

ブーとケンカしたのは一度きりだ。思い出してもいやになるほどくだらないことで。

十月に入って、風がやわらぐ春の頃だった。

サンドイッチを持って、植物園にピクニックに行った。広大な敷地にはたくさんの植物があふれ、見渡す限りの芝生が清々《すがすが》しい。私たちは少し散歩したあと、ランチを広げるのにちょうどよさそうな木陰《こかげ》を探して座った。

ぽかぽかと陽気な天気だったのに、私は気分がすぐれなかった。いろんなことが重なっていた。大学の教授に他の学生と間違われて遅刻を注意されたこと、寮に新しく入ってきたドイツ人のドアの開け閉めがうるさいこと、課題のレポートが難しすぎること、それらによって寝不足だったこと。

ブーに対しても、少し苛立《いらだ》っていた。彼は時々、ワライカワセミのものまねを突然やりだすことがあって、私はそれがあまり好きではなかった。ワライカワセミはオーストラリアにいる鳥で、美しい青色のカワセミと違ってずんぐりむっくりで茶色っぽい。その愛《あい》嬌《きょう》のある体をふるわせ、ケラケラケラケラッと豪快に鳴く。それが人の笑い声に似ているのだ。私にとってはなんとなく心をざわつかせる発声だった。何度か「それ、いやだな」とやんわり伝えたのだが、その日も芝生に寝転がったとたんにまた始まって、私は一気に滅《め》入《い》ってしまった。

ブーが機嫌良さそうに目を閉じたので、私は隣に座って文庫本を読み始めた。ユリさんがくれたうちの一冊で、数年前に発行された日本人作家のミステリーだった。

しばらくしてブーが起き上がり、ペットボトルのコーラを飲んだ。私も本を閉じて自分の脇に置き、「サンドイッチ食べる？」と訊いた。

ブーはそれに答える前に、本を手に取りとんでもないことを言った。

「これ、実はふたりが同一人物だってびっくりしたよね」

あろうことか、それは私がまだたどりついていないトリックだった。ブーはもうこの本を読み終わっていたらしい。私は息ができないぐらいに激しく怒鳴《どな》った。

「なんで言っちゃうのよ！　楽しみに読んでたのに！」

ブーは「えっ」とのけぞり、すぐに両手をあわせて謝ってきた。

「ごめんごめん、今読み終わって閉じたのかと思って」

「ブーが寝ちゃうから仕方なく本読んでたんでしょ？　起きたから読むのやめて話しかけたんじゃない」

「だって植物園には、くつろぎに来たんだし。でもこの小説、それ以外にもびっくりなラストとかあるからさ」

　へろへろと笑っているブーに、よけいに腹が立った。

「もういいよ、読まない。先がわかってたらぜんぜんおもしろくない」

　私は本をバッグにしまった。ブーは困ったような笑いを浮かべてまたコーラを飲んでいる。私は噴き出してくる苛立ちをブーにぶつけた。

「だいたい、いつもマイペースすぎるよ。人のことぜんぜん考えないで自分勝手だよ」

　ブーがぐっと声をつまらせる。

「……そうかな」

　言いすぎた、と、ちらっと思った。でももう止まらなかった。

「ワライカワセミのまねだって、私はあれ、嫌いって言ってるのに」

「えっ、そんなにいやだったの？　なんで」

　やっぱり、ちゃんと通じていなかった。私は投げつけるみたいに言った。

「人をばかにしたような笑い声だからよ！　調子ばっかり良くて無神経な」

　ブーの瞳が揺れた。

「してないよ、ばかになんて」

不穏《ふおん》な空気になったことにひるんで、私はブーから目をそらす。

「ブーが、とは言ってないじゃない。ワライカワセミの話でしょ」

ブーは体育座りをした膝《ひざ》の間に頭を入れた。黙り込んで何か考えている。

そこにいることが、苦しくてたまらなかった。私はバッグをつかんで、立ち上がる。

そして逃げてしまった。ブーから。

植物園の中をぐるぐると歩いた。いろんな感情がいっしょくたになって、心の端々《はしばし》をねじってくる。ブーが悪いんだ。いつもいつも、へらへらして。

だけど、何を言っても笑って聞き流してくれるブーに甘えている自分にも気づいていた。私があそこまで感情をむき出しにできる相手は、他にいない。

どうなるのかとわくわくしながら読んでいたミステリー。先がわからないからおもしろいなんて、他人事《ひとごと》だからだ。私はそんなにタフじゃない。自分のことは不安でたまらない。ああ、やっぱりこんなめんどうくさいもの、持っていられない。私は勉強をしにメルボルンへ来たのに。

期限なんか設《もう》けたって当然、その前に終了することもあるのだ。ここまで続いてきたのはむしろ、けっこううまくやってこれたのかもしれない。

どうせ終わる関係だったんだ。あと三ヵ月で。

もういいや、と思った次の瞬間、足が止まった。

その残り三ヵ月を、私はブーなしで過ごせるだろうか。そう考えたら、得体の知れない恐怖がひたひたと襲ってきた。なんだろう、この感情は。

きっと私は、彼がいないと「不便だ」と思っているのだ。「都合が悪い」って。

私は両手で顔を覆《おお》う。ずるい。ブーのことをいつもずるいと思うけど、私こそ本当にずるい。もう私は、この暮らしの中にブーがいないなんて耐えられそうにない。

やっぱり私にとっても、ここは竜宮城なのかもしれなかった。

どうせ終わるなら。

どうせ終わるなら、期限まで……。

醜《みにく》い弱さを抱《かか》えた体が勝手に動いて、走っていた。もういないかもしれないブーのところに。

ブーは、樹の根元に座り込んでいた。私の姿を見るとあからさまにほっとした顔をして、そのことが私を安堵させた。

「ごめん」

「俺もごめん」

私は息を切らせながらブーの隣にしゃがみこむ。

彼の手元には、メモ用紙で作られた小さなカエルがいた。戻ってくるかわからない私を待って、折り紙をしていたなんて。

思わず笑みをこぼすと、ブーもいつもみたいにへへっと笑って、こう言った。

「カエルはすごいな。水の中にも陸の上にも行けるんだよ」

彼の穏やかな物言いに、その言葉に託された意味に、ぎゅっと胸がしめつけられる。

ぴょん、と言ってブーは、カエルを宙に跳《は》ねさせた。カエルはたいして遠くまで行けないまま、芝生の上でひっくりかえっている。

◇

木炭をチェストに置くと、ジャックは真っ黒な指先を布で拭《ぬぐ》いながら言った。

「絵の具の準備をするから、ちょっと休憩してて」

デッサンは終わったらしい。私はふっと体の力を抜く。

「なにか飲む？」

ジャックが冷蔵庫の前で、私とブーと両方に目《め》配《くば》せをする。

「俺、やるよ」

ブーが冷蔵庫の中をのぞきこみ、ペプシコーラのペットボトルを取り出した。狭いキッチンに向かい、コップに三人ぶんのコーラを注いでそれぞれに配った。彼は案外、そういうことが好きなのだ。

　ジャックはジャムの空き瓶に水を入れてくると、チェストの上にそっと置いた。その隣に画材を並べ始める。水彩絵の具のチューブ、筆、絵の具で汚れたタオル。

　タオルは何度も使っているのだろう。いろいろな色がいろいろな形でついていた。

　きっと意図もされずにカラフルな模様を作っているそれは、そのものがひとつの芸術作品みたいだった。ジャックの言うところの、「偶発的な」。

＊

　年越しのとき、ブーが少し値の張るホテルをとってくれた。

　それまで何度か行った小旅行のときのようなバックパッカーやＢ＆Ｂ（朝食とベッド付きの宿泊施設）ではなく、クラシックでかわいらしい七階建てのホテルだった。

　ロビーで受け付けを済ませると、最上階の部屋に案内された。七〇七号室。

　部屋のドアを開けるとすぐに、ブーはベッドにぽーんと倒れ込んだ。

「おおー！　まさにセブンス・ヘブン！」

　嬉しそうにそう叫び、彼はくるっと顔だけ私のほうに向ける。

「……って、知ってる？」

セブンス・ヘブン？　なんだったっけ。私がちょっと考えていると、ブーはあおむけになった。

「すっげえ幸せ！って意味だよ。スラングというか、イディオム？」

私は「へえ」と答えて窓の外を見た。ブーは歌うみたいに楽しげに続ける。

「天国には七つの階層があってね、その最上階のことなんだ。そこには神様が住んでるんだって」

真昼の暑さが引いてきた夕暮れの中、地上では小さな人間たちがくるくると動いていた。車も自転車も犬も、おもちゃみたいに見える。

ブーが天井《てんじょう》を見ながら、ぽつんと言った。

「どんなとこなんだろうな、最上階の天国って」

私はベッドの縁に腰を下ろす。そして、うーん、と思いめぐらせて答えた。

「一階とか二階のあたりって、実は最上階よりも幸せだったりするのかも。すっごい幸せより、ちょっぴり幸せぐらいが、もしかしたらいいのかも」

ブーはまばたきをして私を見たあと、感心したように笑った。

「欲がないなあ、レイは」

違う。私はきっと、ブーよりもずっと強欲《ごうよく》だ。傷つかないで、自分も悪者にならないで、ただ平穏無事でいたいのだ。

たくさんじゃなくていい。

少しでいい。幸せって思えることを大切に愛《め》でるには。

「神様のいるような恐れ多いところじゃ、落ち着かない」

私はそう言い、ブーの隣に横たわる。ブーは私の頭の下に腕を差し入れた。

「レイは将来、どうするの」

びっくりして、一瞬、聞き違えたかと思った。彼が私と未来のことを話すなんて、ほとんどないことだった。私は思っているまま答える。

「………まだ、はっきり決めてない。ただ英語を使う仕事ができたらなって。留学はしたけど卒業できなきゃ意味ないから、これからいろいろ考える」

ふうん、とブーは息をもらす。私も訊いてもいいような気がして、「ブーは?」と返す。

「俺もわかんない。メルボルンで親の仕事をのちのち手伝うっていう前提で、今は好きなようにデザインスクール行かせてもらってるけど、それもあと一年で卒業だし」

私の髪の毛を梳《す》きながら、ブーは訥々《とつとつ》と言った。

「俺だって絵は好きだし、画商の仕事にも興味はあるんだ。だけど父さんと母さんを見てると、時々こわくなる。頭のいい人たちだから事業はうまくいってるけど、本当に絵に対して愛情があるのかなって」

どう答えればいいのかわからず、私はあたりさわりなく言った。

「でも……絵が好きだから、画商になったんじゃないの？」

「どうなのかな。俺が子どものころから、とにかくメルボルンで成功してここにずっといられるようにって、鬼気《きき》迫るようなところがあったよ。詳しいことは知らないけど、父さんと母さんって、許されない関係だったみたい。ふたりとも、日本には帰れないっていうのが口癖だった」

そこまで言うとブーは、腕はそのままに、遠くを見るようにして天井を向いた。

「一度だけメルボルンにばあちゃんが来たことあるって、話したことがあっただろ。俺はまだ小さかったからよくわからなかったけど、今思うと、遊びに来たんじゃなくて連れ戻そうとしたんじゃないかな。父さんとも母さんとも、なんか不穏な感じだったし」

ブーは大きく息をつく。

「俺、誰なんだろう」

間近にあるブーの表情に、見覚えがあった。出会った日以来に再び見る、深い海の底に住むさびしい魚の目だった。

ずっと、不思議に思っていた。ブーが日本に対して強い憧憬《しょうけい》の想いを持っていることは伝わってくるのに、どうして一度も行こうとしないのだろうと。

日本には帰れない。そんなご両親の言葉は、ブーにも呪《のろ》いをかけていたのかもしれない。日本人なのに日本を知らずに育った彼は、竜宮城から出られなくなってしまったのだろう。だって彼には、日本に「帰る場所」なんてないから。

ブーの未来に私はいない。私の未来にもブーはいない。そう思うと空虚な気持ちに見舞われたけど、私はそれをあえて無視して言った。

「ブーにしか、できないことがあるよ。絶対に」

ふ、とブーが笑う。胸がかすかに振動した。

「俺にしかできないことって、なんだろ？」

こちらに向けてくる目は、もうあの魚じゃなかった。いつものブーだ。

「具体的にはわからないけど、みんなをめちゃくちゃ楽しませるようなこと。それでブーもめちゃくちゃ楽しいこと」

「いいな。ちゃんと両方が楽しめるのって。やりたいことは、いっぱいあるんだ。あれもこれも、ああして、こうしてって。でも今は、ただ自由に思い描いてるだけ」

そしてブーは、自嘲《じちょう》気味《ぎみ》に笑った。

「でも何をするにしたって、こんなちゃらんぽらんじゃだめだよなぁ。誰も信用してくれないよ」

私は真剣に答える。本心だから。

「堂々としていればいいのよ。ブーの思いやりに満ちた誠実さを、私は知ってる」

ブーの肩が、ぴくんと震《ふる》える。そして彼は少しの間、黙った。だから私も、黙った。

しばらくするとブーは私を引き寄せ、まぶたに唇を押しあてたあとにこう言った。

「レイにね、あげたいものがあるんだ」

そう言ってブーは体を起こし、足のほうからベッドを下りた。

◇

ブーはジャックにあれこれと、どこのメーカーの絵の具なのかとか、そのタオルは何年ものの汚れなのかと話しかけていた。ジャックが苦笑しながら軽くかわすと、ブーはつまらなくなったのか、「トイレ行ってくる」と場を離れた。

ジャックはパレットの上に絵の具を溶き、あらためて私のほうへ向き直る。そして絵の具を含ませた筆を画用紙の上にのせたあと、彼はふと、動きを止めた。

何かを発見したように目を見開き、ジャックはチェストの引き出しを慌《あわ》ただしく開け始めた。そして奥のほうから、へらのような道具を取り出す。

イーゼルと向き合い再び筆を走らせるとすぐ、彼はその道具を使って勢いよく画用紙を掻いた。シャッと軽快な音が響き、ジャックは感嘆の息を漏らした。

それがどんな作業なのか私からは見えないけれど、ジャックの表情が恍惚《こうこつ》のうちに輝いたのがわかる。

そこにブーが戻ってきた。

ひょいとジャックの手元をのぞき、不思議そうに「ペインティング・ナイフ？」と言った。ジャックは絵から目を離さず、ただうなずいた。

ブーはジャックの隣の椅子に座り、足を組んだ。ジャックにあまり相手にされないからか、今度は私にばかり話しかけてくる。ちっともセンスのないギャグを言って笑わせようとするので、私は「少しは黙っててよ」とたしなめた。

あははと声に出して笑ったあと、彼は意外にもすなおに言うことを聞いて黙った。

それきりブーは私を見て、私もブーを見て、見つめ合うような格好《かっこう》になった。

*

私にあげたいもの？　ブーに言われて困惑しながら、私もベッドから身を起こして彼の隣に行く。

ブーはリュックから手のひらに載るほどの小箱を取り出し、私に差し出した。

「開けてみて」

蓋《ふた》を開けると、光を受けて中のものがきらっと光った。

青い鳥のブローチ。

飛んでいるように広げた翼には、金色の縁取りがある。

「カワセミだよ」

ブーが優しく言った。

「ワライカワセミじゃなくてね、カワセミ。だからこんなに美しい青だし、ケラケラ笑ったりもしない。きれいな声でチチチチってささやくんだ」

「あれは……」

あのケンカのことをまだ気にしているのかと、私は少し動揺した。するとブーはあわてて私の声を遮《さえぎ》る。

「違うよ、根に持ってるとかじゃないよ。……俺は本当は、レイにだけは、ワライカワセミじゃなくてカワセミでありたかった。おちゃらけて笑ってるばっかりじゃなくて、もっとスマートにレイに寄り添いたかった。できなかったけど。だからその気持ちだけ、贈らせて」

やっぱりブーはずるい。最後までおちゃらけててくれないなんて。

そしてそんなふうに心を打ち明けながら、彼が同時に伝えてきたのは期限終了のはっきりとした意思表明だった。

今まで私は、形に残るものはブーからもらわないようにしていた。ブーはやたらと写真を撮りたがったけど、私は一枚も欲しくなかった。あとから思い出してしみじみするなんて、まっぴらだった。

だけど、これだけは受け取ろう。そう思った。

私がたったひとつ持ち帰る玉手箱。これから先、蓋を開くときに胸を張れるように、しっかり生きていこう。

「ブーに会えてよかった」

私は言った。ブーも「俺も」とほほえむ。

これでいい。私にとってもブーにとっても。

ブーが私をふわりと抱きしめる。私も彼の胸に頭をあずけ、目を閉じた。

この体温をもう知ることはないんだなと思ったら、不意に、ぎゅうっと力いっぱいブーにしがみつきたくなった。でもこの気持ちはきっと錯覚《さっかく》だ。別れ際にセンチメンタルになっているだけだ。ただの感傷だ、絶対に、絶対に、そう。

たとえばここで私が少しでもつらそうなそぶりを見せてしまったら、すべて台無しになる。ブーがきれいに引いてくれたラインを踏み越えるのは、それこそ野暮でダサいことだった。そんな無責任なことはできない気がした。

私はブーの手に自分の手を重ね、彼の親指をそっと撫でた。今だけは、私から。

そうして私たちは、ふたりで新しい年を迎えた。

メルボルンの小さなホテルの、セブンス・ヘブンで。

ジャックの手元にあるパレットには、二色の絵の具だけが絞《しぼ》り出されていた。

赤と。

青と。

◇

赤いブラウスに止まった青い鳥にそっと触れ、私もあらためて姿勢を整える。

ブーは私を見ている。私も同じようにブーを見た。

目と目を合わせているうち、ブーの顔から、お調子者の笑みがふっと消えた。

愛《いと》おしそうな、いつくしむようなまなざしが私に向けられてくる。

その瞬間、体のまんなかが、ぐいっともぎとられた。

目が、そらせなかった。

どうしたの、ブー。

そんな顔してないで、くだらない冗談を言ってよ。

いつもみたいに、にやにやしてよ。
なんでそんな優しい目をしてるのよ。
抗議したくなる。私はほんとうに、自分勝手だ。

どれだけの間、そうして見つめ合っていただろう。
紙に撫でられていく筆先の、静かな曲を奏《かな》でるような響き。
ペインティング・ナイフが刻《きざ》む、硬くシャープな高鳴り。
水が跳ねるちゃぷんという音。
描かれていくエスキース。

言葉もなく、ただ時間が流れていく。
ふたりであんなにいろんなことを話したのに、ただ目を合わせているだけの私たちは今までで一番饒舌《じょうぜつ》だった。

わかっていた。ブーが本当はワライカワセミじゃないことぐらい。
繊細《せんさい》な青いカワセミだってことぐらい。

期間限定を提案してきたブーの、優しさと臆病《おくびょう》さ。
私のことも自分のことも守るための。

あと数日で、私は日本に帰る。
期限つきの関係。私たちは終わりに向かって、恋をしてきたのだ。
決まり事は守らなければならないって、おかしな義務感にかられていた。

凍るような鋭い感情が体の中心を駆け抜ける。猛烈に痛かった。
ブーともうすぐ会えなくなるなんて。
私は本当のことを言っていない。ただの一度も。

ああ、ブー。
私はブーが好きだ。すごくすごく好きだ。離れたくない。
想いがこみあげてくる。
ブー。ブー。
叫んで駆けだして、抱きついてしまいそうだった。
涙をこらえて、こらえてこらえてこらえて、私は奥歯をぎゅっと噛《か》みしめる。

ブーの頬に、涙がつつっと伝った。
――ずるい、
私はこんなに我慢してるのに。

始まれば終わる。
わかっていたのに、好きになった人。大好きな人。本当の恋を教えてくれた人。
こわがりな私たちがお互いについていた嘘と、自分についていた嘘は同じだ。

座っていた椅子が倒れて、床で激しい音をたてた。
私が急に、立ち上がったせいで。

ねえ、ブー。

終われば始まる？

野暮ったくてもダサくても、つらくてもさびしくても、それが私たちの恋なら。

二章

東京タワーとアーツ・センター

ひとめ見た瞬間に恋に落ちるような、そんな対象は必ずしも人間だけではないのだと、人生の航路がくるりと向きを変えてから気づくことがある。

たとえば、痺《しび》れるほどに惹《ひ》かれてしまった一枚の絵。

あの美しい青と出会ったのは、僕がまだ美大生だったころの遠い記憶だ。メルボルンの片隅にある、小さな画材屋での出来事だった。

ジャック・ジャクソン。

その印象的な画家の名前を、僕は忘れることがない。ただの一度も。

前の日に降り続けた雨が嘘《うそ》みたいに、ぎらぎらと晴れた日だ。そろそろ関東も梅雨《つゆ》明《あ》け間近だろう。

発注書と商品を見比べ、間違いがないかチェックしていると、工房の扉が開いた。

昼前にふらっと出て行った村崎《むらさき》さんが、無言のまま、のっそりと中に入ってくる。日に焼けた顔に、汗のしずくが滴《したた》っていた。僕とふたりしかいない、東京のはずれにあるこぢんまりした額縁《がくぶち》工房の経営者だ。

創立十三年、この「アルブル工房」では主に画商や画家向けに額縁の製造や販売を行っている。

二十九歳で独立してこの工房を構えた村崎さんは僕のちょうどひとまわり年上で、干支《えと》が同じだ。とにかく口数が少なくて必要最低限のことしかしゃべらず、顔の筋肉がほとんど動かないので何を考えているのかさっぱりわからない。

美大の四年生で就職活動中だった僕が地方紙に載っていた小さな求人広告を見つけて電話するまで、この工房は村崎さんひとりで回していたらしい。新卒の学生が応募してくるとは思わなかったようで、面接のときは不思議そうに首をかしげられた。たいした質問もなく採用になって拍子抜けしたものの、考えてみれば他に応募者がいなかっただけなのかもしれない。

あれから八年だ。僕は三十歳になった。村崎さんが独立した年齢を超えて。

「おかえりなさい」

僕は発注書をテーブルに置き、エアコンの温度を少し下げた。村崎さんが暑がりなうえ、この小さな工房で男ふたりになると急に温度が上がる。

村崎さんはテーブルの上に、とん、と茶色いごつごつしたものを置いた。不規則な形の湿った木材。どうやら流木だ。

「また川に行ってきたんですか」

問いかけた僕に、村崎さんがうなずく。

昨日は大雨だったから、何か上がっていると思ったのだろう。村崎さんはテーブルに流木を置くと、しゃがみこんで目を合わせるかのようにしてそれをじっと見た。

工房から十分ほど歩いたところに、河川敷《かせんじき》がある。散歩や休憩《きゅうけい》にはうってつけの場所で、村崎さんはよくそこでスケッチをしたり読書をしたり、こんなふうに何かしら拾ってきたりする。そして、それを使って額縁を作るのだ。

頼まれてもいないのに。

僕は再び発注書に目を落とす。段ボール箱には、メーカーから送られてきた出来合いのフレームがいくつも入っている。商品チェックの続きだ。僕はボールペンで発注書に印をつけていった。

工房で働き始めてからの数年は、楽しかった。知らなかったことばっかりで、発見ばっかりで。

額縁の構造、木材選び、塗料《とりょう》や金箔《きんぱく》の知識、彫刻の技術……習得すべきことがたくさんあって、村崎さんはそれをみっちりと教えてくれた。雑談はおそろしくしないが、訊《き》いたことには必ず答えてくれる人だった。

ルノワール、ピカソ、モディリアーニ……。巨匠《きょしょう》たちの作品によっては、描かれたときから今もなお、ずっと同じ額縁が使われているものもあるという。

それを知ったとき、心がふるえた。百年近い時を越え、たくさんの国を越え、もしかしたらこれから先もずっと、はるかな長い旅を共にする絵と額。それはとてつもないロマンだと思った。

額職人はそんなふうに、その絵にぴったり合う最高の額縁を自分の手で生み出すことができるのだ。作って終わりじゃなく、飾られる空間のことも考えながら。

「夢を見られなきゃ、だめだ」

村崎さんはたまに、ぼそりとそうつぶやくことがあった。

彼からそんな言葉が出るなんて、何度聞いてもいちいちびっくりしてしまう。それぐらい意外だった。

夢。額縁に対する、絵画に対する。もっとも、物言わぬ相手にそれを託すのは、無骨な職人らしい発言といえばそうかもしれない。

商品チェックが終わった。僕は箱の中に梱包材《こんぽうざい》を詰め、ガムテープで蓋《ふた》を閉じた。

工房に来る発注のほとんどがこんなふうに決まりきった既製品であることに、今はもう何の虚《むな》しさも湧《わ》かなくなっている。わざわざ一から額縁を作ってほしいと依頼してくるような、時間とお金に余裕のある画家や画商はごくわずかなのだ。

たまにくるオーダーメイドの依頼も、メーカーで装飾や仕上げが施《ほどこ》されたモールディングという棒状の額竿《がくざお》を使って作るのが大半だった。そのほうが安くて早くできるからだ。

モールディングにしろ完全な既製品にしろ、村崎さんの人脈により豊富な仕入れがある。マットボードの組み合わせなどが相談できる点も評判が良く、客が客を呼ぶ形でこの工房の経営は成り立っていた。

村崎さんと古いつきあいがあるコレクターからフルオーダーのリクエストがくると、僕もそれを手伝ったりするけど、それだって年に一、二度あるかどうかだ。僕が思い描いていたような、絵や画家と一緒に最初から最後までじっくり額作りに向き合うなんて経験はぜんぜんできなかった。せっかく村崎さんに教えてもらって身につけた知識も技術も、このままでは忘れてしまいそうだ。

もちろん、既製の額縁にもいいところがたくさんある。低価格で同じものを揃《そろ》えられるし、何よりすぐに入手できる。

展示会直前まで絵を制作していて、うっかり額縁の手配を忘れていたという画家が、あわてて飛び込んでくるケースが何度もあった。

手作業で額縁を作るとなると、早くて十日、通常一ヵ月ぐらいの時間が必要になる。それなら、もう出来上がっているものの中から「イメージに近いもの」を選べばいい。

最近はもう、それでいいじゃないか、という気がしていた。

ここは百年前のフランスじゃない。ルノワールもピカソもモディリアーニも、もういない。大量生産でスピーディーな流通を成功させた現代の経済大国、日本だ。

村崎さんは流木を大事そうに抱《かか》え、裏口に向かった。行きすがらに古新聞をあさっているところを見ると、天日干しするのだろう。

村崎さんの「夢」って、こういうことなのか。遊びの延長みたいな。子どもがどんぐりを拾ってきて工作するような。

段ボールを収納棚に運びながら、僕は昨晩久しぶりに居酒屋で会った美大時代からの仲間、次郎《じろう》との会話を思い出していた。

次郎は美大卒業後、文具メーカーで営業をしている。

わりと早い段階で「絵を描いて食っていけるなんて甘いこと考えてないから」と割り切った職選びをしていた。仕事は楽しく、上司にもかわいがられているらしい。

先輩に飲みに連れて行ってもらったとか、社員旅行で同僚の可愛い女の子と仲良くなったとか、そんな話を聞くたびに僕は次郎がうらやましくて仕方ない。

「空知《そらち》は額縁工房の仕事、よく続いてるね」

次郎が感心したように言うので、僕は曖昧《あいまい》にうなずいた。

「うん、まあ」

「俺の仕事は美術とかほとんど関係ないけど、絵を描いてた人間が額の仕事やっててつらくなったりしない？　近すぎるっていうかさ。額なんか作ったって、絵ばっかり注目されて空知の名前が表に出ることはないんだろ？」

それ以前に、フルで額を作ったりもしていないよ。そんな言葉をハイボールと一緒に飲みこむ。

次郎は枝豆をつまむと、「そういえばさ」と機嫌よく切り出した。

「俺、昇進したんだ」

「え、すごいな」

でへっ、と赤い顔で笑う次郎に、じりりと尖《とが》った気持ちが芽生《めば》える。それをかき消すようにして、僕は次郎をこづいた。

「じゃあ、今日の飲み代、次郎のおごりな！」

なんでだよーと言いながら、次郎は店員を呼んでビールのお代わりを注文した。

僕はもしかしたら、間違えてしまったんだろうか。

もっと楽で愉快で、将来の不安もない職場で働く道があったんじゃないだろうか。

僕には、先輩も同僚もいない。仏頂面《ぶつちようづら》のおじさんとふたりきりで、あきらかな斜陽《しやよう》産業で、このまま続けていって大丈夫なんだろうか。

今の日本に額職人のニーズなんてないなら、そろそろ違う道を探してみてもいいのかもしれない。三十歳の節目に、そんなことを考え始めていた。

夕方、作品搬送の約束をしていた画廊スタッフがふたり、工房にやってきた。

「お世話になります、円城寺《えんじょうじ》画廊です」

経営者の男性、円城寺さんがドア口で笑顔を見せる。半袖《はんそで》シャツから出た細身の腕が、絵を挟んだ大きな厚紙をしっかりと抱きかかえていた。

その後ろにつくようにして、もうひとまわり小振りの厚紙を運んできたのは立花《たちばな》さんという女性だ。快活なショートボブがよく似合っていてかわいらしい。はっきりと年齢を聞いたことはないけど、円城寺さんも立花さんも、僕と同じぐらいか少し上だと思う。

「おぉ」

村崎さんが軽く目礼し、ふたりを中に招き入れる。僕は作品を広げられるように、作業台の上をさっと片付けた。

話はあらかじめ聞いていた。円城寺画廊からの今回の発注は、秋口に開催される展示イベントのため額装を五点の依頼だった。

いくつかの画廊と共同で、各ギャラリーが持っている「これは！」という秘蔵のコレクションを有名無名問わずお披露目《ひろめ》するというものらしい。販売目的ではなく、純粋に展示するだけとのことだった。

「大きな展示場でやるから、ここはちょっと奮発して新装していただきたいんです」

円城寺さんは言った。

広い作業台の上で、村崎さんは絵を一枚ずつ確認していく。

こんなときは、白手袋をして絵の扱いに慎重だ。大事な作品を預かっている間、僕たちはものすごく緊張する。

「円城寺画廊さんは、いつもながら目が確かだな」

村崎さんが目を細める。円城寺さんは「そう言っていただけると」と、照れくさそうに笑った。

その隣で寄り添うようにして、立花さんが村崎さんに顔を向けた。

「おめかししてあげてくださいね！」

「予算次第だけどな」

村崎さんがぼそりと言い、ふたりは顔を見合わせて小さく笑う。そしてていねいに絵を包み直すと、打ち合わせするためにテーブルへ向かった。

僕は冷蔵庫から麦茶のポットを出し、四人ぶんのグラスに注《つ》ぐ。

円城寺画廊とアルブル工房とのつきあいは二年ほどだ。

彼らは五年前、一緒に静岡から東京へ出てきたと聞いたことがある。自分たちならではの画廊を開くのが夢だったと言っていた。

恋人なのかな。まあ、そうなんだろう。仲が良くてうらやましい。

ああ、この人たちも夢か。

いいよな、そうやって好きな人と見る夢。叶《かな》えていく夢。

お盆に麦茶を載せてテーブルに持って行くと、作品のリストが書かれた紙を円城寺さんが村崎さんに渡しているところだった。

村崎さんは、うーん、と眉間《みけん》に皺《しわ》を寄せながら電卓を手にしている。見積もりを取るのも大事な仕事で、そしてそれは彼が最も手こずる作業らしい。ぼそぼそと低い声で、村崎さんが円城寺さんに問いかけた。

「絵を見ながらひとつずつ予算つけていこうか。それとも、五枚合算の希望金額を出してもらって、こっちで帳尻合わせるか？」

「合算で。今回は、木地《きじ》デザインもマットも、こちらからのリクエストはせずにアルブルさんにすべてお任せします」

「すべて？」

「はい。売るわけじゃなくて展覧だけのお祭りみたいなイベントですし、俺たち、アルブルさんがどんなふうに額装してくださるか楽しみに待っていようって話してて。全面的に信頼していますから、よろしくお願いします」

円城寺さんが頭を下げる。

村崎さんは背もたれに寄りかかって腕組みをした。

「……それは光栄な」

そして麦茶を一口がぶりと飲むと、すっと姿勢を正し、ふたりに顔を向けた。

「心を込めて取り組ませていただくよ。完璧《かんぺき》な結婚となるように」

僕は思わず「えっ」と声を上げた。

「円城寺さんたち、ご結婚されるんですか？」

円城寺さんが「いえいえ」と笑いながら手を振る。

「絵と額縁が完全にマッチした状態のことを、完璧な結婚って表現するんですよ。ヨーロッパの額縁業界で誰かが言い出したみたいですね」

その言葉を受け、村崎さんが頬杖《ほおづえ》をつきながら言った。

「自分は目立つことなく、絵を引き立て、守り、支え、応援し続ける……。けなげなもんだ、額っていうのは」

立花さんがちょっと顔を傾《かたむ》けた。

「それって、絵と額のどっちが男でどっちが女なんですか？」

迫るように言われて、村崎さんは「ん？」と目を泳がす。

円城寺さんがやわらかく笑った。

「それはどっちもあるんじゃないかな、時と場合によるのかもしれないし。お互いに、こういう人がいいっていうんじゃなくて、この人がいいって思えたら、それが完璧な組み合わせだと思いますよ。人ってみんな、ひとりしかいないんだから」

もしかして今、絵と額の話にかこつけて、壮大なのろけを聞かされたのだろうか。

僕はニヤけていいのか迷って、ぎゅっと唇《くちびる》に力を入れた。

立花さんは何も言わず、目線もどこかはずれていたけど、なんだか満ちたりた表情に見える。

「額縁の縁《ふち》って、縁《えん》でもありますよね」

ひとりごとみたいに、円城寺さんがつぶやいた。

円城寺さんたちが帰ったあと村崎さんが、一枚コピーして持っておくようにと、作品リストの紙を僕によこした。そしてそのまま裏口に向かっていく。乾かしている流木を見に行ったのだろう。

リストをコピー機にかけると、印刷紙がするりと吐《は》き出される。僕はそれを手に取った。リストのうちのひとつだけが光るように浮かび上がってきて、目を見開く。

『エスキース』ジャック・ジャクソン　オーストラリア　水彩

記憶の海から、ぷかりと姿を見せたその名前。

ジャック・ジャクソン？

僕は胸をふるわせながら、まだ作業台の上にある円城寺画廊の作品を確認しに行った。

厚紙に貼られたラベルを確かめる。『エスキース』。これだ。白手袋をはめ、そっと厚紙を開くと、薄紙の下から赤い服を着た若い女の子が現れた。

長い髪のしなやかさ、光を受けた輝きの表現技法。そのタッチを見て僕は涙が出そうになった。

ジャック。ああ、ジャックだ。ここでやっと会えるなんて。

――大学三年生の春休み、安いツアーがあるから一緒にメルボルンへ行こうと誘ってくれたのは次郎だった。

アートにあふれた街、メルボルン。壮観なグレート・オーシャン・ロードや、フィリップ島のペンギン。僕たちは旅行代理店が企画した四泊六日のツアーに乗っかり、駆け足で観光地を回って楽しんだ。

　そのうち一日だけ、フリータイムがあった。市内散策。僕と次郎は、あえて別行動をとることにした。

　ビクトリア国立美術館をメインに、僕はひとりで街を練り歩いた。

　壁にはカラフルなウォールアートがペイントされている。自由に「落書き」していいエリアだというけど、あまりにもクオリティが高い。道路にチョークで直接絵を描いている人の姿も見かけた。本当に街中がキャンバスみたいだ。

　建物の一角のドアが開いていた。ちょっとのぞくと、画材屋のようだった。僕はそこに入ってみた。

　恰幅《かっぷく》のいいおじさんがレジにいて、その脇ではくせっ毛の青年が椅子《いす》にちょこんと座っていた。僕と目が合うと、彼は親し気な笑みを見せた。初めて会うのに。つられて僕もほほえみ返す。

　彼の前には小型のテーブルがあり、画用紙や絵の具が乱雑に置かれていた。絵を描いているというよりは、画材をそこで試せるようになっているらしかった。

　すぐそばの壁に、一枚の水彩画が飾られていた。濃紺の地に透き通るような青で描かれた、細長くて華奢《きゃしゃ》な三角のタワー。塔の裾《すそ》はスカートのように優雅に広がっている。

僕は心を奪われた。

目も胸も両手両足も、見た瞬間に体ごとその絵に吸い込まれていきそうで、そんな想いをしたのは初めてのことだった。

なんて美しい青だろう。その中にたたずむ、繊細《せんさい》でありながら力強いタワーの筆致《ひっち》。胸の奥を強く揺さぶられるような、そしてそのあと穏やかに鎮まっていくような……。

本当に魅力的な作品だった。いつまでもいつまでも、ずっと見ていたかった。

僕がその絵を見ていると、ジャックが椅子に座ったまま英語で言った。

「僕が描いたんだ」

英語はあまり得意じゃないけど、そんな意味だということはわかった。

絵の下に「Jack Jackson」と手書きされた紙が貼られていた。

ジャック・ジャクソン。印象的な名前。

「きれいな絵だね」

僕は短くそう言った。ビューティフルだかファンタスティックだか、語彙力《ごいりょく》のなさからそんな言葉しか出なかった。ちゃんと伝えられないのが悔しいくらい、ほんとうに、それは素晴らしかった。水彩のふんわりした世界観を活かしつつ、塔の鋭い輝きがくっきりと表現されていた。

「アーツ・センターのタワーだよ」

彼は椅子から離れ、僕の隣に立った。そうして見ると、彼は思ったより小柄だった。そんなに背が高いわけではない僕を、ちょっと見上げるようにして笑いかけてくる。

アーツ・センターという名前をキャッチして、僕は持っていた地図を見た。

さっき、まさに目の前を通ってきたはずだ。劇場やシアターの複合施設で、その建物の上にはたしかにこんな塔があった。

でも僕が見たそれは、青ではなく白だったと思う。アーツ・センターのタワーはメルボルンのシンボルになっていると、ガイドブックにも書かれていた。遠くからでも見えるので、それを目印にして歩いたのだ。

何と言えばいいのかわからなくて僕がじっとその絵を見ていると、ジャックは言った。

「夜になると、こんなふうに青くライトアップされるんだ」

そうか、これは夜景なんだ。

優しい夜の中で、しゃきっとそびえたつ青白い塔。そのメリハリの美しさに、僕はあらためて目を引かれる。筆で描いたにしては、その塔はあまりにもシャープだった。

「どうやって描いたの」

僕が訊《たず》ねると、ジャックは嬉《うれ》しそうに「見てて」と椅子に座りなおした。

パレットに青い絵の具をしぼり、水を含んだ筆を落とす。画用紙の一部にたっぷり青を塗ると、彼は筆を置いた。そして別の画材を持ち直す。

ペインティング・ナイフ。
ジャックはひし形のナイフの先を青に走らせた。シャッと音がして、真っ白な細い線が現れる。僕は思わず「おお！」と叫んでしまった。

「スクラッチ、スクラッチ……」

歌うようにつぶやきながら、ジャックは何度もナイフを操《あやつ》る。とても気持ちよさそうだった。

青の中に、網目のように刻まれた白。乾いてからそこにまた薄く青をのせてにじませたり、部分的にそのまま残して白を活かしたりして、あの絵を制作したらしい。

彼はペインティング・ナイフを使っていろんな技法を見せてくれた。

刃《は》の側面に絵の具をつけてすべらせるとすーっとしたみずみずしい直線ができたし、水をたらしたところにナイフの面をぺたぺた押し付ければ、予期せぬ色ムラができておもしろい。

美大で油絵を専攻していた僕にとって、ペインティング・ナイフは馴染《なじ》み深い道具だった。だけど絵の具を立体的に創り込んでいく油絵の画法とは別に、水彩の場でもこんなふうにいろんな活躍をするなんて。

「やってみるかい？」

ジャックが顔を上げた。僕はうなずく。

何色でもいいと言われたので、僕は絵の具箱の中から迷わず赤を選んだ。

画用紙の隅に作った赤いスペースに、僕もペインティング・ナイフをあてた。シャッ。小気味《こきみ》よい手ごたえが伝わってくる。高揚感《こうようかん》に満たされて、僕もジャックの真似《まね》をしてつぶやいた。スクラッチ、スクラッチ。

「日本にもね、こんな塔があるんだ。赤い東京タワー」

僕は手早く三角形を描き、簡易的な東京タワーを示して見せた。ジャックにそれを教えたくて、僕は赤い絵の具を選んだのだ。

オゥ、とジャックは目を輝かせた。

「僕も東京タワーを見てみたい。日本にはまだ行ったことがないけど、すごく興味があるよ。日本人の友達もいるんだ」

それからジャックと僕は、ぽつぽつと、ジェスチャー混じりでお互いのことを話した。店には他に客もいなくて、レジの中にいる店主らしき男性は新聞のクロスワードパズルに興《きょう》じていた。

ジャックはいろいろなアルバイトをしながら絵を描いていると言った。この画材屋も職場のひとつだ。最近、コンクールに出品した絵が小さな賞を獲り、数はまだ少ないけれど作品の依頼がくるようになったという。彼と僕が同じ二十一歳だと知ったときには、ふたりで小さく盛り上がった。

だけどひとつだけ、僕には納得のいかないところがあった。

彼のアーツ・センターの絵は、くすんだ銅色《あかがねいろ》のチープな額縁に収まっていた。上部中央にハート形のパーツがひとつ、所在なさげにくっついている。廃棄寸前の適当なものが使いまわしされているとしか思えなかった。

古ぼけたそのフレームをあらためて見て、僕はやるせない気持ちになった。憤《いきどお》りさえ感じた。この素晴らしい絵が、どうしてこんな目に遭《あ》わなきゃいけないんだ？

この絵には、これよりもふさわしい額縁があるはずなのに。

もっともっと、大切に扱われるべき作品なのに。

「このフレームは？」

僕が控え目に質問すると、ジャックはちょっと苦笑した。本人も気に入ってはいないらしかった。

「店の倉庫にあったのを使わせてもらってるんだ。僕の絵が、ずっと居心地よく過ごせるようなフレームと出会えたらいいんだけど」

そこに数人の女性客が入ってきて、早口の英語で店主と話し始めた。ジャックも店主に呼ばれて、何か込み入ったことを相談されている。腕時計を見ると、次郎との待ち合わせ時間が迫っていた。もう行かなくてはならない。

困ったような顔で話し込んでいるジャックに声をかけるのも申し訳なく、僕は後ろ髪を引かれながら店を出た。

ジャック・ジャクソン。その名前を僕は頭の中で復唱した。何度も。

帰国後、僕はあの絵がどうしても忘れられなかった。そしてそれとセットのように、あの額が思い出されるのだった。彼の絵の魅力をもっと引き出せるような額をつけてあげられたらいいのに。小さいころからずっと絵が好きだったけど、額縁の「存在」をこんなにちゃんと認識したのはそのときようやくのことだったかもしれない。

大学では、額装に関するちゃんとした授業なんてなかった。自分で描いた作品も、キャンバスのまま壁にかけることのほうが多かった。

額縁に強い興味を持った僕は片っ端から美術館に足を運び、じっくり見て回った。どんな額だったらジャックの絵に合うのだろう。額職人はどんなふうに絵に額を添わせてきたのだろう。そうしているうち、いつしか、絵よりも額に夢中になっていた。

額職人によって手掛けられたそれらはふたつとして同じものはなく、それぞれに、それぞれの表情があった。フレームの太さ、厚み、形状、色合い。施された彫刻や模様。額縁が違えば絵の印象もまったく違うだろう。しかし不思議なのは、いくら豪華絢爛《けんらん》な作りの額縁でも、やはり目がいくのは絵のほうだということだった。

でもそれは錯覚《さっかく》かもしれない。僕たちは絵に魅入《みい》られながら、確かに額縁も見ているのだから。出しゃばらずに絵を引き立てる、見事な調和。芸術的でありながら、密《ひそ》かに計算されつくしている。おもしろい。

額縁を、作ってみたい。僕がいつか、この手でこんなふうに額装を手掛けてみたい。そんな想いがふつふつと湧いていた。

そして就職活動の末「アルブル工房」にたどりつき、僕は額職人をめざすことを決めた。ジャックの絵との出会いが、僕に絵から額へと舵《かじ》を切らせたのだ。

僕には予知能力はないけれど、大きな確信があった。ジャックは間違いなく、画家として大成する。あんな絵が、あんな人が、あそこで埋《う》もれたままのはずはないと思った。ジャックが立派な画家になったときには僕も、胸を張って額装を引き受けられるような熟練の額職人でありたい。

確かにそう思ったんだ。そのときは――――。

裏口から村崎さんが戻ってきた。

案《あん》の定《じょう》、流木を小脇に抱えている。作業台の前で呆然《ぼうぜん》としている僕を見て、怪訝《けげん》な顔で近づいてきた。

ジャックとはあれから会うこともなかったし、『エスキース』というこの絵がいつ描かれたものなのかもわからない。でも彼はもう、こんなふうに日本の画廊で大切に扱われるほどの画家になったのだ。

「村崎さん……」

「ん？」

「僕に……僕に、この絵の額装をやらせてもらえませんか」

村崎さんは、無言のままちょっとだけ口を開けた。目を丸くして。

「……ジャックと…この絵を描いた画家と、一度だけ会ったことがあるんです。彼の絵を見て初めて僕は、額縁に興味を持ったんです」

僕が事情を話すと、村崎さんは少しの間《ま》のあとにうなずいた。

「わかった。ひとりで好きなようにやってみろ」

ひとりで。その言葉の重さに、自分で申し出ておきながら僕はあらためて息を呑《の》んだ。

村崎さんは無表情のまま続ける。

「おまえだけで最後までひと通りこなせるくらいには、教え込んできたつもりだよ」

「……ありがとうございます！」

胸の中に、入道雲みたいにむくむくと制作意欲がふくらんでくる。

メルボルンの画材屋の扉はまだ、僕に向かって開いていてくれたのだ。きっと。

村崎さんが帰ったあと、僕はひとりで作業台に向かっていた。

『エスキース』と題されたその絵は、胸から上の人物画だ。

どうやら二色の絵の具だけで描かれているらしい。赤と、青。色の混ざり具合が絶妙だった。その配色から僕はますます、メルボルンで彼と出会ったあの日のことを想わずにいられなかった。運命さえ感じてしまうほどに。

モデルの女の子は、二十歳《はたち》ぐらいだろうか。赤いブラウス。胸元には青い鳥のブローチがついている。彼女は少し斜め前を見ていて……いや、きっとそこにいる誰かを見つめていて……。

せつない表情だった。でもどうしてだろう。その瞳からは、静かなさびしさの中に、たぎるような情熱の激しさも感じられるのだった。

顔つきや髪質から、彼女は東洋人であると想像できる。長い髪には、繊細な線がところどころ入っていた。さらさらしたストレートヘアが表現されているそこには、ジャックのペインティング・ナイフの技が光っている。僕はまるで、彼がこの絵を描いている姿を見たかのような気持ちになった。

エスキースとは、下絵のことだ。「下描き」ではなくて、本番とは違う紙や板に自由に描いて構想を練るのだ。頭の中にあるものを、このリアルな世界に落とす最初の作業。描いているうち新たに生まれてくる光景。妄想《もうそう》と現実を行ったり来たりしながら作品が創り上げられていく、「はじまりの儀式」かもしれない。

どうしてこの絵のタイトルが『エスキース』なのか、それは僕にはわからない。エスキースがそのまま作品になったのか、それともこの女の子にまつわるドラマにエスキース的な意味が込められているのか。

日本人の友達がいると、ジャックは言っていたっけ。それがこの子なのだろうか。いずれにしても、モデルにするくらいだから何かしらの関わりがあったに違いない。

僕は方眼紙を広げ、フレームデザインのデッサンから着手した。

まずは額縁の形状だ。絵の静寂さを殺さないように、デコラティブなものは避けたい。かといって、あまり控え目すぎても作品全体が暗くなってしまいかねない。僕は少し唸《うな》り、あらためて女の子を見つめた。

彼女の持つ孤独の気配。今にも泣きだしそうな表情。なにか、なにか、希望を持たせてあげたい……。

ふと、胸元のブローチが目に留《と》まった。青い鳥。翼をはためかせ、自由に空を飛んでいる姿。

これだ。

僕は方眼紙に鉛筆を走らせる。

額竿の内側から外側に向かって、山のようなカーブをつける。外側の山裾《やますそ》にあたる部分は、なだらかに平らに。そうすれば鳥が羽を広げたような断面になるだろう。組んでしまえばわかりづらいかもしれないけど、密かに仕込まれた想いは必ず外へとにじみ出てくる。

　そして平らな縁の四隅に……羽根の彫刻。そうしよう。彼女を勇気づけるような、かわいらしく演出するような。

　そうなると、フレームの幅が問題だ。太いとこの絵には重いし、細いと彫刻が施せない。

　僕はモールディングのサンプルを詰め込んだ箱を作業台に運んだ。工場で作られたすでに出来上がっている額竿だから、カットしてそのまま組めばいい。幸いなことに、アルブル工房には種類が豊富に揃っている。

　デッサンした形状に近いものを、その中から探していく。これまでも、村崎さんを手伝いながら何度もこうやって額装をしてきた。きっといいものが見つかるはずだ。

　山型の断面になっているモールディングをいくつか取り出し、絵にあてながら僕は完成図を想像した。でも、なかなか決めることができなかった。

　…………何かが、違う。

　今ひとつ、しっくりこない。そんなに難しいデザインではないのに。思い描いているのと似たような額竿がたくさんあるのに、すぐそばまで近づいていると思うのに、何が違うんだろう。

　僕は目を閉じてため息をつく。少し休憩しようと、立ち上がった。

　冷蔵庫まで歩いていき、麦茶のポットに手をかける。そのとき、円城寺さんの言葉が頭に浮かんだ。

「こういう人がいいっていうんじゃなくて、この人がいいって思えたら、それが完璧な組み合わせだと思いますよ。人ってみんな、ひとりしかいないんだから」

　ああ、と僕は声を漏《も》らした。

　僕はずっと「イメージに近いもの」を選んで額装してきた。いつの頃からか、そういう仕事のやり方が身についてしまっていた。

　円城寺さんの言葉を、額と絵に置き換えてみる。

　――こういう額がいいっていうんじゃなくて、この額がいいって思えたら。

　それが完璧な組み合わせだ。絵ってみんな、ひとつしかないんだから。

　冷蔵庫の扉を閉め、工房の隅に走った。木材の置いてある場所だ。

　僕は探し求める。

「近いもの」じゃない。それしかないと、ぴったりくるものを。

　翌朝、村崎さんの声で目が覚めた。工房の長椅子で眠りこけている僕を心配して、揺さぶってきたのだ。

「昨夜ここに泊まったのか？」

ねぼけまなこで僕は体を起こす。朝方、ちょっと横になろうと思ったら眠ってしまったらしい。

「終電、逃《のが》しちゃったんで。そのまま作業してました」

「体は大事にしろよ」

村崎さんは眉間に皺を寄せながら言った。僕は生返事をして立ち上がる。

「村崎さん、僕……相談があるんです」

ちょっと僕を見やると村崎さんはテーブルに着き、促《うなが》すようにして椅子を指さした。僕は村崎さんと向かい合い、そこに座る。

「あの絵の額、モールディングじゃなくて木材から作ってもいいですか」

今まで村崎さんがそうするのを手伝ったことはあったし、練習として自分用に作ることはあった。でも、受注品をひとりで木材から手掛けたことはない。そして、失礼な話だが円城寺画廊が潤沢《じゅんたく》な予算を出してきたとは思いづらかった。

僕はかなり意を決して申し出たのに、村崎さんは驚きもせずあっさりとこう言った。

「やっとその言葉が出たか。おまえがそう言うの、待ってたよ」

「……でも、予算のこととか」

僕がおずおずと言うと、村崎さんは唇の端を片方、上げた。

「俺、ひとつは流木使うから。おまえの額装に多少金がかかっても、トントンだ」

僕は安堵《あんど》と喜びとで、「タダですもんね！」と笑った。ところが村崎さんは、不本意な表情を浮かべる。

「タダっていうのとは違うぞ。プライスレスだ」

村崎さんはテーブルの上で手を組んだ。

「今回、円城寺画廊が持ってきた作品の中に、十九世紀の旅芸人の一座を描いた油絵があってな。家族なのかもな。老人も子どももいて。あれを見たとき、おお、ここにつながったか、ぴったりだと思ったんだ。流れ流れていろんな景色を見てきたであろう流木が、今の姿になるまでの長い時間と経験、表情や味わいをそのまま大事に活かせるって」

急に興奮気味に話し出した村崎さんに、僕は戸惑《とまど》った。

村崎さんはいつも黙々と作業しているから、心も常に冷静沈着なんだと思っていた。でも違った。彼はほんとうに額縁を作ることが好きで、こんなに熱い気持ちでひとつひとつに取り組んでいたのだ。

まるで用意されたかのように、村崎さんの手にたどりついた流木。

そうか、そういうことだったのか。

「村崎さん、こんなときのために、流木を拾ったりしてるんですね」

納得しながら僕が言うと村崎さんは、いや、と首を振る。

「今回はたまたまだ。売り物になるかどうかは関係なく、俺はただ手作りの額ってものを残したいだけだよ。形にして見せないと、知ることもできない」

見せる？　知るって、誰が？

僕がきょとんとしていると、村崎さんは顎《あご》に手をやりながら言った。

「俺は、ちょっと危機を感じてるね。日本美術が危ないって。それは素材から言えることで、たとえば江戸時代以前の書物はまだきれいに残ってるだろ。でも、ここ百年で作られた紙は粉化《ふんか》しちゃってそんなにもたないんだ。せっかくの文献も絵もこなごなだよ。昔の日本には優れた技術がたくさんあったのに、口伝《くでん》でしか継承されないから消えてしまったものがいくつもある。オートメーション化が進んで、後継者をじっくり育てる余地もない。産業革命のあとに育ったのは、弟子《でし》じゃなくてビルばっかりだ」

堰《せき》を切ってあふれ出す村崎さんの話に、僕は黙って耳を傾ける。彼は遠くを見やるようにして、語り続けた。

「額装は高名な画家や美術館だけのものじゃない。ごく普通の一般家庭で、もっと日常的に楽しめるはずなんだ。子どもの描いた絵でも好きな人からもらったポストカードでも、気持ちいいなと素直に思えるものがいつもそばにあるって、すごく豊かなことだよ。額の良さを、その技術を、できるだけたくさんの人に見せて伝えていきたいって思うんだ。世間一般にとって、もっと身近な存在になるように知らせていきたいんだ。それが、俺の夢だね。人の営《いとな》みと共に絵があり続ける、真の豊かな生活」

本当に、村崎さんが一度にこんなにしゃべるのを見るのは初めてだった。

普段は寡黙《かもく》な彼の中にこれだけたくさんの想いがつまっていることを、僕はどうして理解しようとしなかったのだろう。

「夢が見られなきゃ、だめだ」って、そのひとことにすべてが凝縮されていたのに。

やっとわかった。

村崎さんの夢は……。額や絵に対してだけじゃない、毎日の暮らしに向けられているんだ。生身《なまみ》の肉体と心を持った、人々の。

村崎さんは僕にちらりと目をやった。

「なんの木を使うか決めたのか？」

僕はうなずく。

「桜を」

日本に興味があると言ってくれたジャックに、日本人の僕から親愛の情を込めて。

デザインが固まると、僕は木材の切り出しに取り掛かった。

絵のサイズはＢ４。額と絵の間に距離をつけるための、マットボードの幅を考慮に入れつつ、額竿の長さを決めていく。縦の人物画だから、安定して見やすいように天地の幅を左右より少し広げたい。ここでの細かい計算が全体の印象に響く。

電動ノコギリやかんなを使って木地を作り込みながら、僕は無心になった。

なんの加工もしていない木と向き合っていると、彼らが息をしているのがわかる。

反《そ》りやねじれ、シミ、節《ふし》。どの木にも、どこをどう切り取っても、ひとつひとつに個性があった。

そうだ、木ってそれぞれにクセのある生き物だったんだ。僕たちと同じように。

僕はあらためてこの工房の名前を想った。

アルブル。フランス語で、「木」。

なんてふさわしい。そのかぐわしい香りに包まれながら、僕は桜の木をそっと撫《な》でた。


時々、村崎さんにチェックしてもらいながら、僕は時間と手をかけて木地を成形し、寸法に合わせて慎重に枠《わく》を組んだ。

額の全容が見えてきて、ほっとする一方で新しい緊張が生まれる。

鳥の羽根の彫刻。かなり重要なポイントだった。ここでそぐわない細工《さいく》をしたら、すべてが台無しになってしまう。僕は図鑑や画集をいくつもめくり、いろんな種類の羽根を研究した。どんな羽根をどんなふうに彫《ほ》っていくか……。

ジャックと過ごしたわずかなひとときを、思い出から手繰《たぐ》り寄せる。あのときジャックが楽しそうに僕に教えてくれた、ペインティング・ナイフの技法。

スクラッチ、スクラッチ。

……そうだ、スクラッチだ。彫刻刀で立体的に彫り込むんじゃなくて、ニードルで削り描くんだ。主張は抑えめに、でもエレガントにキュートに。四隅で舞うエアリーな羽根たちは、女の子が隠し持っている痛みをやわらかく包んでくれるだろう。

自分でも驚くぐらいに順調だった。羽根を刻《きざ》み、ペーパーをかけ、なめらかな木地が出来上がっていく過程を僕は充実した気分で進めた。

最後は、箔《はく》押しをして仕上げだ。僕は箔が収まっている引き出しをひとつ開け、和紙に包まれた箔をそっと取り出した。

箔には、本金箔を筆頭に、本銀箔、真鍮《しんちゅう》箔、錫《すず》箔、アルミ箔、黒箔、プラチナ箔……いろいろな種類がある。

純金の本金箔を使おうと決めていた。高額でもそれが王道だし、予算のことは心配するなと村崎さんも言ってくれた。なんといっても、これだけ思い入れがあるのだ。最高の輝きを授けたかった。

でも、本金箔を包んでいる和紙を開き、ゴールドのまぶしさを目にしたときに手が止まった。他人の靴を履《は》き違えたときのような、おさまりの悪い違和感を覚える。

あの絵を魅力的に見せるために、これがベストだろうか？

僕は金箔に和紙をかぶせ、思案した。

もっとシックなたたずまいにするために、銀箔にするか。そもそも箔押しをせずに、無《む》垢《く》な木の素朴《そぼく》さを残したままのほうがいいのか。

違う、やっぱりここは本金箔だ。僕たちが再会した奇跡を祝したい。いや、でも……。

考えれば考えるほどわからなくなっていく。

自分で絵を描くときの葛藤《かっとう》や迷いとは異なるものだった。どこまで僕のやりたいようにやっていいんだろう。

次郎が言っていた。額なんか作ったって、絵ばっかり注目されて空知の名前が表に出ることはないんだろ？

その通りだ。だからこそ、僕の想いだけでも強く注《そそ》ぎ込みたかったのかもしれない。

だけど……それは、額職人として本当に作品に寄り添うということだろうか？　画家の気持ちを無視することになるんじゃないだろうか？

額は絵よりも前に出てはいけない。僕が額で、ジャックが絵だ。

ジャックなら。

ジャックなら、どんなことを望む？

――僕の絵が、ずっと居心地よく過ごせるようなフレームと出会えたら……。

あのときの彼の声が、遠くから響いてくる。はっきりと心が定まった。

使うべきは本金箔じゃない。光が強すぎて、この作品がそっと抱いている灯《ともしび》をかき消してしまう。

この絵にぴったり似合うのは……。

僕は本金箔を包み直してしまい、迷わず別の引き出しを開けた。

真鍮箔だ。僕はそう確信する。

真鍮箔は一見、金に見えるけれど、銅と亜鉛《あえん》で作られている。その配合によって、色味が少しずつ違う。

引き出しから取り出した、真鍮箔三号色、青口。

亜鉛の配合が若干多めの、青みがかった金色。クールな輝きを持つその色は、女の子のぬくもりを引き出してくれるだろう。

膠《にかわ》を使い、息をするのも忘れそうなほどの集中力で箔を押していく。

極薄の脆《もろ》い箔が吸いつくように木と同化するたび、僕はジャックとの不思議な一体感を覚えた。

彼がここにいなくても、何年も会っていなくても、今、僕は間違いなく彼と一緒にこの額を作っている。

次郎の言うように、力の限り魂を入れ込んだって、額職人の名前が表に出るわけじゃない。どんなに考え抜いたか、どれだけ時間と愛情をかけたかなんて、そんなことは誰にもわからない。だけど。

僕が知ってる。

唯一《ゆいいつ》無《む》二《に》の、この素晴らしい額を生み出したのが僕だってことを。

それが僕の大きな誇りだ。それでいい。

ああ、僕は今、なんて幸せな仕事をしているんだろう。

待っててくれよ、ジャック。

僕は、百年先もこの絵を守れる額を完成させてみせる。


村崎さんはしばらくの間、『エスキース』が収まった額装を黙ってじっと見ていた。

体をこわばらせながら、僕は村崎さんの言葉を待つ。

彼はゆっくりと顔を上げ、静かにほほえんだ。

「本金箔にするって言ってたのに、よく真鍮箔に決めたな、空知。見事な判断だったと俺は思うよ」

そう言ってもらえて、ほっとした。体中の力が抜ける。

村崎さんは満足したような表情で続けた。

「額縁屋にとっては、画家や作品を個人的に好きになりすぎるのもちょっとしたリスクなんだ。愛が深いほど、冷静さを失わずに何が正しいのかを見極《みきわ》めなくちゃいけない。捨てなきゃいけない感情もあるんだよ」

そして彼は、額の下部に人差し指をあててちょっと笑った。

「ここの、箔の貼りムラも実にいい」

僕は肩をすくめる。

やっぱりまだまだ、パーフェクトには仕上げられない。

「……すみません、もっときれいに貼れるように精進《しょうじん》します」

「いや、嫌味じゃなくて本心だよ。手作りだからこその穏やかなゆらぎがいいんだ。飽きないあたたかみが出る」

村崎さんは額から指を離し、僕をじっと見た。

「そういうことも含めて、なにもかもがこの絵に本当に似合ってる。よくがんばったな」

嬉しかった。村崎さんに認めてもらえて。でもなんだか、僕よりも村崎さんのほうがもっと嬉しそうで、胸が熱くなってくる。

大きく息を吐き出すと、村崎さんはしみじみと言った。

「工房の求人募集をかけたとき、おまえが来てくれて嬉しかったけど、正直すぐにいなくなると思ったよ。遊びたい盛りの若者で、日々の欲に負けていくだろうなって」

目を伏せるような村崎さんの表情に、僕は自分を顧《かえり》みる。そして決意するような気持ちで、顔を上げた。

「日々の欲なんて、そんなことより……夢を見られなきゃ、だめですよ」

僕が得意げに言うと、村崎さんは「真似をするな」としかめ面になった。笑い出したいのを、こらえるようにして。


額縁の縁《ふち》は、縁《えん》。

僕にはもうひとつ、夢ができた。

そう遠くない未来、またメルボルンを訪れよう。

ジャック・ジャクソンという名前を目印に、彼に会いに行こう。

これからもたくさん、絵を描いてほしいと伝えよう。

彼の熱烈なファンであり、誇り高き額職人として――――。

三章

トマトジュースとバタフライピー

おめでとう、っていうのはいい言葉だ。どんなときでも。

各方面から届く祝福のメールに、俺はひとつずつ返していく。

「祝！　ウルトラ・マンガ大賞！」

――ありがとう！

「ウルトラ・マンガ大賞、おめでとう！　すごいじゃん！」

――サンキュー！　すごいだろ？

「栄誉ある賞を、おめでとうございます。やりましたね、すばらしい！」

――ありがとうございます。今後ともお力添えをよろしくお願いいたします。

不義理や失礼があってはいけない。俺はメッセージを見落とさないよう、相手に合わせてふさわしい言葉を選んでいく。

「タカシマさんも鼻が高いですね！」

――ええ、私としても嬉《うれ》しいかぎりです。

「愛弟子《まなでし》のご活躍、おめでとうございます」

――ありがとうございます。あいつはよくがんばりました。

「久しぶり！　砂川凌《すながわりょう》って、タカシマんとこのアシスタントやってた子でしょ？　ウルトラ・マンガ大賞だって？　テレビでニュース見てびっくりしたわ～。おめでと！」

――そうなんだよ、俺もびっくりしたわ～。ありがと！

ふう。携帯電話をいったん机の上に置き、俺は目薬に手を伸ばした。

四十八歳、老眼も始まって細かい文字がどうも読みにくい。目をこらすせいかドライアイにもなってしまい、ちょこちょこと潤《うるお》いを補給しなくてはならなかった。

ピコッと音がして、またメール着信だ。

携帯電話の画面をのぞくと、同業の悪友からだった。目薬を左手に持ったまま、右手でそれを開く。

「青は藍《あい》より出《い》でて藍より青し！　おまえも弟子を見習ってもっとガンバレよ！」

俺は「うるせえよ」と声に出して笑った。笑った。

笑ってるのに。

どういうわけだか涙目だ。目薬なんて、いらなかった。

締め切りの山場を無事に越え、久しぶりに髭《ひげ》を剃《そ》って出かけた。

『ＤＡＰ』という男性向け情報誌の取材依頼を受けていたのだ。写真撮影もするというので、買ったばかりのハンチング帽もかぶった。見てくれもファッションセンスもまったく自信がない。こういうものを身に着けていれば、とりあえず格好《かっこう》がつく。

　先月、以前俺のアシスタントをしていた砂川凌が、ウルトラ・マンガ大賞を受賞した。漫画界ではかなり注目されている賞だ。年に一度、書店員や有志が「絶対勧めたい面白い漫画」として選び、投票でランキングが決まる。この賞レースにうまく乗れば知名度がぐっと上がるので、出版社も漫画家も発表の時期はソワソワするのだ。

　おまけに、その作品は二ヵ月前に『このマンガがくる！』という特集誌でも最優秀賞を獲《と》っていた。ウルトラ・マンガ大賞受賞の朗報にすぐさま大々的な重版がかかり、帯には「ダブル受賞！」の文字が躍《おど》った。デビューから三年、砂川の勢いは止まらない。

『ブラック・マンホール』

　そんなタイトルのその漫画は、通称「ブラマン」と呼ばれている。

　下水道管に住むモンスターの話だ。シュールでオシャレで、ちょっとホラーなのにちょっと笑えて……なにしろおもしろい。人間の愚《おろ》かさと英知、ラブとサスペンスが絶妙なバランスで描かれている。

　下水道の仕組みもわかりやすく取り上げられているので、教育現場や環境問題を扱うセミナーなんかで資料として使いたいという申し出もよくあると聞いた。エンタメ的にも社会的にも高く評価された作品だ。

授賞式の記者会見がテレビのニュースやワイドショーで放映されたあと、砂川には次から次へと取材依頼が殺到したらしい。無理もない話だ。それまでほとんど顔出しをしてこなかった砂川のモデル並みのルックスが地上波で流されたのだから、メディアが食いつかないはずなかった。しかもまだ二十六歳の若さだ。あのカッコいい漫画を描く男が、またこんなにカッコいいのだ。もう、話題性が歩いているようなものだろう。

しかし砂川は表に出ることを好まなかった。担当編集者が「著者メッセージ」という形で対応するのがほとんどで、同じ映像や写真が繰り返し使われていた。

そんな中、ＤＡＰからの依頼は「師匠《ししょう》であるタカシマ剣《つるぎ》先生との対談で」という企画で、砂川は「それなら受ける」と言ったらしい。

いったいどういう意図なのか、砂川は基本的に無口で無表情で、リアクションもほとんどないのでいまいち理解に困る。だけどもちろん、悪い気はしなかった。俺ができるだけのフォローはしてやりたい。

対談先に「カドル」という喫茶店を指定されて、俺は電車で最寄《もよ》り駅まで行き、歩いて店へ向かう。ひとけのない住宅街でちょっとだけ迷った。地図を見て目印にしていたドラッグストアの看板が古すぎて文字がかすれており、通り過ぎてしまったようだ。

店の扉を開けると、ちりんと古風な鈴の音がした。

照明を抑えめにしたレトロな喫茶店で、カウンターの中にいる顎鬚《あごひげ》豊かな店主らしき男と目が合った。

「いらっしゃいませ」

白いエプロン姿のウエイトレスが暗がりからぬっと現れる。びっくりして思わず後ずさってしまった。目鼻は整っているが顔全体はこわばっており、若くはない。パーマがゆるくかかった髪の毛を後ろでひとつにくくっていた。

「あ……ええと、タカシマ剣です。ＤＡＰの対談で呼ばれて」

俺が言うと、ウエイトレスは表情を変えることなくうなずいた。

「おうかがいしております。お好きな席でお待ちください」

俺が一番乗りか。腕時計を見ると、約束の時間の十分前だ。

店はこぢんまりとしていて、客席数もざっと十五がいいところだった。人気のない店なのか、隅のテーブル席に大学生風のカップルが一組いるだけだ。

俺はとりあえずカウンター席の端に腰を下ろした。

顎鬚の店主が「お飲み物、頼まれますか」と訊《き》いてくる。ウエイトレスとは違って、愛《あい》想《そう》がよかった。

「あ、いや……。みんなが来るの、待ちます」

店主は「そうですか」と答え、俺から離れてグラスを磨き始めた。

鬚に顔が埋もれてちょっと老《ふ》けて見えるが、近くで目を合わせてみると俺よりも少し年下のようだった。四十を過ぎたあたりか。ウエイトレスにしてもそんなもんだろう。彼女は俺から一番離れたカウンター席の端に座り、難しい顔で帳簿をつけている。

えーと、俺ね、タカシマ剣っていう漫画家なんですけど。『仲見世《なかみせ》オン・ザ・ロック』ってそこそこ売れてるシリーズの作者なんですけど。あ、おふたりとも、漫画は読まないかな。一応、五年前に『とんぼ十三号』っていう作品がテレビドラマになったりなんかしてるんですけど。テレビも見ないかな。あれ、単発の二時間放映だったし。

　タカシマ剣という漫画家にはまったく興味を示さない店員たちのそばで、俺は店の中をぐるっと見回した。

　店内には、クラシックのピアノ曲が流れていた。壁にはいくつもの絵画が飾ってある。小さいのやら大きいのやら。絵のジャンルはいろいろでとりとめがなく、不思議なことに、それがかえって統一感を持たせていた。街の雑踏でさまざまな人間が行き交っているように、ひとつだけ違うのではなく全部違うからかもしれない。

「絵、いっぱいありますね。画廊みたいだな。売ってるんですか」

　俺が何気なく質問すると、店主は「いや」と大きく首を振った。

「自分が好きな絵を集めただけです。画商なんて野蛮《やばん》な仕事はしないです」

　おもしろいこと言うなと思い、俺はちょっと身を乗り出す。

「画商って、野蛮なんですか」

「だって、絵の価値に値段がつけられてそれがさらに変動していくのって、野蛮とは言えませんか？　いったい誰がそれをジャッジできるんでしょうか。絵はごくごくパーソナルなものであって、描いてもいない他者が数字で測れるものじゃないのに」

「…………そうですよね」

俺はちょっと放心してしまった。

わかる。わかるよ、顎鬚さん。

漫画だってそうだ。作品の素晴らしさは個々に感じるものであって、世の中からランク付けされるものじゃない。

俺はカウンターの端にいるウエイトレスに声をかけた。

「カッコいいっすね、店長」

ウエイトレスはちらりとこちらを見たあと、帳簿に顔を戻した。

「さあ。私は、喫茶店で飲み物を売るのと画廊で絵を売るのと、どう違うのかよくわからないです。値段がつかなきゃ商売にならないでしょ、画家にだって生活があるのよ。実際、ここにある絵だって大半はお金で集めたものばっかりでしょうが」

…………感じの悪い女だな。そして、なんちゅう仲の悪さだ。

店主はそんなことは言われ慣れているのか、黙ってグラスを磨き続けている。

だけど俺は、店主を気の毒に思いながらも、彼女の言うことにも納得がいく気がしていた。

値段やランクなんてつけられないという、絵を愛する純粋な気持ちには共感する。しかしその一方で、やはり金が動かなくては食っていけないのも事実だ。売れなければ世間に認知されず、次の作品を出すこともできない。

むずかしいところだよなあ……。

帽子をかぶりなおしたところで、ドアベルの音がした。

「ああっ、すみません。お待たせしてしまって」

ドアからポロシャツ姿の若い男が入ってくる。俺を見て、すまなそうな顔で走り寄ってきた。ＤＡＰの記者だろう。すぐあとにカメラをかついだ年配の男も姿を見せる。

「ＤＡＰ編集部の乃木《のぎ》と申します。本日はよろしくお願いいたします」

乃木と名乗ったその記者は、俺に名刺を差し出して頭を下げた。くりくりした目の可愛《かわい》い顔立ちだが、鼻の下にちょびヒゲを生やしている。なんだ、流行《はや》ってるのか、ヒゲ。俺も剃ってくるんじゃなかったかな。

「お忙しいところ、対談を受けていただきありがとうございます」

若いのにしっかりしている。俺は「いやいや」と片手をかざしながら、ちょっと気分が良くなった。そうそう、これだよ。俺を忙しい漫画家として扱ってくれる人間のありがたさよ。

そこでもう一度、ドアベルが鳴った。砂川だった。

俺たちがカウンター付近にいることに気づくと、無言でゆっくり歩いてくる。

「おう。久しぶりだな」

俺から声をかけると、ヤツはわずかに頭を揺らした。

そう、久しぶりだった。三ヵ月ぶりぐらいか。出版社主催のパーティーでちらっと会ったのが最後だったな。慣れない場で、砂川はすぐに帰っちゃったけど。

ちょっと痩《や》せたか。相変わらずイケてる。ただのTシャツとジーンズなのに、さまになっていた。細い腰の直径は俺の半分しかないだろう。ワックスで半分濡《ぬ》れたような髪も、無造作な感じがまた雰囲気あって、スタイリストでもついてんのかと思うくらいだ。ファッション誌の表紙の依頼まで来ていたのがうなずける。即答で断ったらしいが。

うつむきがちに砂川が言う。

「遅れてすみません。タクシーの運転手が道に迷っちゃって」

「お、おう。ちょっとわかりにくかったよな。いいよ、俺たちも今来たとこ」

乃木が寄ってきて、また礼儀正しく砂川に名刺を渡す。「ウルトラ・マンガ大賞受賞、おめでとうございます」と祝辞《しゅくじ》を述べることも忘れなかった。

砂川はいったい何度この言葉を聞いたのだろう。ありがとうございます、と答える声はかぼそい。

乃木が俺たちににこやかな笑顔を見せた。

「すみません、それではおふたり、そちらの席でお願いできますか」

奥の壁際にある広めの丸テーブルを案内される。

少し斜めに向き合うようにして置かれたふたつの椅子《いす》。その間の壁には、一枚の水彩画が飾ってあった。

椅子に座る前に、俺はその壁の絵に目をやった。

髪の長い女の肖像画だった。赤と青の絵の具だけを使って描かれているようで、髪の陰が紫色のグラデーションになっている。すーっと流れるような髪の表現が見事だった。赤い服、胸元に青い鳥のブローチ。

女は何やらあらぬほうを見て潤《うる》んだ目をしていたが、悲しいのか嬉しいのか、どちらとも取れる表情だった。

よく見ると箔押《はくお》しされた細い額には羽の模様が刻《きざ》まれている。精巧《せいこう》なつくりだ。落ち着いた色合いなのにどこかぬくもりがあって、この絵にぴたりと寄り添っているように感じられた。

額の下には小さなプレートがあり、文字が書かれている。

タイトルは『エスキース』。作者名はジャック・ジャクソン。

おもしろい名前だな。大事だよな、覚えてもらいやすいのって。俺だって考えて考えて考え抜いたペンネームだ。砂川はデビューするとき本名をそのまま使うと言うので、インパクトが必要じゃないのって一応アドバイスしたが、そういうのはいらないですと一蹴《いっしゅう》されてしまった。芸がない。

「あ、ジャック・ジャクソンだ！」

　俺の隣で、乃木が声を上げた。

「知ってるの？　有名？」

　俺が訊《たず》ねると、乃木は目を輝かせている。

「オーストラリアの画家ですけど、最近、日本でも人気出てきてるんです。やわらかくて優しい雰囲気の中に、シャキッとしたエッジが効《き》いてるんですよねぇ。そのバランスが素晴らしくて。先月も東京で個展があって、取材に行きましたよ」

「へえ。若いの？」

「確か今、四十歳です。制作年とか書いてないけど、これは初期の作品なのかなあ。けっこうお宝かも」

　店主に訊こうかと思ってカウンターを見ると、彼は誰かと電話中だった。俺はふたたび絵をじっくりと見る。

「エスキースって、この女の名前なのかな」

　俺のつぶやきに、乃木は首をかしげた。

「でも西洋人っぽくないですよね。日本人かも」

「じゃあ、絵、好きっス！ってことか」

俺がボケると、乃木が「あははは」と軽快にウケてくうれた。すでに椅子に座っていた砂川が、むっつりとした顔でその絵を見て言う。

「違うと思います」

………冗談だよ、砂川。わかってるよ。

俺が苦笑《にがわら》いして椅子に座ると、砂川はぽつぽつと続けた。

「エスキースって、下絵のことです。いったんイメージを落とし込んで、それを元にあらためて新しく本番を描くんです」

ヤツは博学で、いろんなジャンルに詳しい。まったく、どこまでもカッコよすぎる。俺は砂川の言葉を受けて答えた。

「じゃあ、漫画のネームみたいなことか」

「まあ、そうですね」

体感的には、ここが一番おもしろいよな。頭ん中にあるイメージが、わあっと手からあふれ出てきて、紙の上で躍りはじめて。誰があーしてこーして、こう言って、こういう構図で、場面展開でって。描き直しなんか何度だってきくから失敗したってかまわねえ。自由に鉛筆を走らせて、俺、すっごい大作描いちゃうんじゃね？って思うよな。そのあとは、編集担当からＯＫが出るかどきどきするけど。

俺は首をかしげた。

「つまりこれ、言ってみればネームを飾ってるってこと？」

「どうなんですかね。それとも『エスキース』ってタイトルの本番なのかもしれない」

芸術ってもんは、どこが完成っていうのがないからな。それはジャック・ジャクソンに訊かなくてはわからない。

そこに、乃木に頼まれたらしくウエイトレスが注文を取りに来た。渡されたメニューを開き、俺はソフトドリンクのリストに目を留《と》める。

「あ、俺、トマトジュースで」

横から目を落としていた砂川も、やや考えたのち、小声で言った。

「バタフライピーを」

俺は思わず、もう一度メニューに顔を寄せる。バタフライピー？　よくわからんが、飲み物までシャレてやがる。

そのとき、離れたテーブルで機材の準備をしていたカメラマンが「乃木くん、ちょっと」と声をかけた。乃木がカメラマンのところに駆けていく。

ふたりがなにやら打ち合わせしているのを遠目に見ながら待っていると、店の隅にいたカップル客がすぐそばまで歩いて来た。

「あの、すみません」

男のほうが紅潮《こうちょう》した顔で俺に話しかけてくる。

お、なんだ。俺のファンか。俺が満面の笑みを向けたとたん、彼はこう言った。

「マネージャーさんですか？」

「は？」

「僕たち、砂川凌さんのファンなんです。サインしてもらえませんか」

「…………は」

女が男の後ろでルーズリーフとペンを持って立っていた。突然有名人に出くわして、鞄《かばん》の中に入っている紙をとりあえず引き出してきたというところだろう。

砂川は相変わらず無表情のまま、ちょっとだけ顔を上げた。

ファンだと言うそのカップルへのサービス精神と、俺自身が砂川よりも上の立場にいることを誇示《こじ》したいのとで、俺はわざと軽薄なノリで言う。

「おう、ありがとうなあ。ほら、砂川。サイン、サイン。嬉しいじゃんか」

俺が女からルーズリーフとペンを受け取り砂川の前に置くと、ヤツは紙に縦書きで名前を書いた。持ち物に記名するみたいに。

サインって、もっとこう、遊びゴコロがあってもいいと思うんだが。俺なんかデビューが決まってから何パターンも考えたけどな。剣のイラスト入れたりとか。

砂川からサインを受け取るとカップルは「ありがとうございます！」とキラキラしながら去っていった。「きゃー、やばい」と女のはしゃぐ声が聞こえる。

あの子たち、漫画家にはみんなマネージャーがついてると思ってんのかな。それとも、砂川ってもう世の中ではタレント扱いなのか。

こきっと首をひねっていると、乃木が「お待たせしてすみません！」と走って戻ってきた。ウエイトレスもちょうどトレイを持ってやってくる。

トマトジュースと……バタフライピー。

砂川の前に置かれたガラスのティーカップには、青いインクを溶かしたような鮮やかなコバルトブルーが注《そそ》がれていた。温かいのだろう、湯気《ゆげ》がたちのぼっている。

「すげえ、これ、飲めんの？　バタフライピーって、なんなの」

「………お茶です」

それ以上は語らない砂川の代わりに、乃木が言った。

「そんなにクセはないですよ。マメ科の植物のハーブティーで、眼精《がんせい》疲労《ひろう》にもいいんです。花が蝶々みたいな形してて、色はもうちょっと紫っぽいんですけど、抽出するとこんなきれいな青が出るんですよね」

青は藍より出でて藍より青し。

あの言葉が思い出されて、俺は首を振る。弟子が師匠を超えるって、残酷なことわざ。

乃木がボイスレコーダーを設定し、対談がスタートした。

それぞれの簡単なプロフィールの確認のあと、乃木が俺に言う。

「タカシマさんのデビューした漫画雑誌は、栄星社《えいせいしゃ》の『ルーカス』でしたよね。やはり新人賞がきっかけだったんですか」

俺は唇《くちびる》をなめ、語りの姿勢に入る。いろんなところで何度もしゃべっている、俺の「デビュー秘話」だ。

「いやいや、違うの。栄星社に漫画の持ち込みしたときにね、俺、緊張して腹くだしちゃって、トイレの個室にかけこんだわけよ。出すもの出してふーって落ち着いたところで、隣の個室からドンドンって壁叩《たた》く音がしてさ。

ドアじゃなくて壁⁇ってキョドってたら、『おーい、隣に誰かいるかーっ』って逼迫《ひっぱく》したオッサンの声が聞こえてきて。『いますーっ！』っつって返事したら『悪い、トイレットペーパー投げてくれんか！』って言うわけ。

そんで、俺、急いでロールごと隣に放り投げてね。個室から出て手洗ってたらそのオッサンも安らかな顔で出てきて『あー、助かったよ、ありがとな』って、ちょいっと俺の持ってた漫画原稿の入った封筒を見てさ。『持ち込み？』って。

見てもらう約束してたのは違う編集者だったんだけど、そのオッサンが『ちょっと見せて』とか言うわけ。で、なりゆき上、その場でパラパラ見てもらってさ。

そしたら『ちょうどよかった、たまたまルーカスで次号の読み切り原稿を落とした新人がいるんだ』って、その穴埋めでデビュー決定よ。へ？いきなり？ってビックリしたね、このオッサンにそんな権限あんの？って。ドッキリかと思った」

「へえ、スピードデビューですね！」

「……そのオッサンが、実は編集局長だったっていう。俺ってすごいラッキーな男でさ、運だけでここまできたんだよ。はい、ウンのいい話でした。おそまつ」

俺はテーブルに手をつき、頭をぺこっと下げた。このオチを言って締めるのがお決まりだ。乃木もカメラマンも笑っている。

「いや、トイレには神様がいるって、ホントだと思ったね。紙だけに」

今日の聞き手は反応がいいのでそこまで補足したが、それは軽くスルーされてしまった。乃木が砂川に顔を向ける。

「砂川さんとタカシマさんとの出会いは」

俺のデビュー物語についてはもう終わりのようだが、まあ、いい。今日は砂川をアピールしなきゃならん。

砂川は「ん……」と口を曲げたまま、言葉が出てこないようだ。まずはきっかけを作ってやろうと、俺は割り込む。

「砂川はね、三年前だったな、俺んとこのアシスタントがひとり、急に辞めることになってね。そいつが、知り合いに仕事もしないでふらふらしてるヤツがいるからって、とりあえずの代理で、次が決まるまで来てもらうことになったんだよなあ」

　俺が砂川に話を振ると、ヤツはわずかにうなずいた。ほら、ここまで繋《つな》げてやったからなんか言え。そう思って様子を見たが、その気はないようだった。

　しょうがないので俺は続きをしゃべってやる。

「学校で美術の成績はずっと5だったって聞いたし、ベタとかカケアミぐらいならできるんじゃね？って、最初はそんな感じだったんだけど」

　最初はそんな感じだったんだけど。

　とんでもねえ才能がある、と気づいたのはその日の帰りだ。

　砂川はちょっと名の知れた大学を出たあと、大手広告代理店に就職した。しかしそこは二ヵ月で辞めてしまい、転職活動もバイトもせず家にいたらしい。

　アシスタント経験もないというので、とりあえず消しゴムかけやベタ塗りから始めてもらった初日、帰り際に砂川は俺がデスクに散らかしていたネームを見てぽつりと言った。

「こうやって、作るんですね」

「おまえも、やってみる？」

　軽い気持ちだった。段ボール箱三つにぎっしり詰まっている今までのネームを、好きなの見ていいぞと言って広げた。投稿時代のものからデビュー後ボツになったものまで入っているから、相当な数がある。

ダブルクリップで留めてあるネームをひとつ手に取り、砂川が言った。

「全部、取ってあるんですか」

「うん……本番が描き上がれば、いらないっちゃいらないんだけどな。俺にとってはネームにこそ魂が宿ってる気がして、ひとつも捨てられねえのよ」

砂川は俺の言葉には何も答えず、真剣な表情でいくつもいくつもネームを見ていた。興味を持ったのかなと思い、俺はネーム切りのポイントを教えた。でもちょっとだけだ。それなのに砂川はあっというまにコツをつかんで、目を見張るようなものを次の日にもう完成させてきた。

ドキドキした。恋かよ、と思うくらいだった。

でも恋とは少し違う。えらいものに出くわしてしまったときの高揚感《こうようかん》だった。俺はペン入れの初歩も教えたが、それだってたいしたことじゃない。ヤツはとにかくめちゃくちゃカンがよかった。

そうして砂川はあっというまに十六枚の漫画原稿を一本描き上げて、俺はそれを読んで泣いた。

これは世の中に出さなくちゃいけない。使命感にかられて、担当編集者に持ちかけた。

担当編集者も原稿を読んで唸《うな》った。すぐに「ルーカス新人賞」の応募枠に入れておくと言われ、見事入選。デビューに至ったわけだ。おそるべきことに、初めてペン入れをした一作目で。怪物だ。

乃木がまた砂川に顔を向ける。

「砂川さんは、それまで漫画を描かれたご経験はなかったんですか」

「………はい。でも、会社勤めよりもこうやって漫画描いてるほうが、自分には合ってるなって思いました」

やっと、ちゃんとしゃべった。ぼそぼそしてるけど、砂川の言葉で発言してもらえてほっとする。

デビューしてからもしばらく、砂川は俺のところにアシスタントに来てくれていた。週に二日でいいと言ったのに、ほぼ毎日いたかもしれない。そしていつ描いていたのか二作目でいきなり連載を取り、そこからは独立していった。それが、大賞を受賞した『ブラック・マンホール』だ。早くもヤツは自分がアシスタントを持つ身になった。

乃木が好意的な笑みを俺に向けてくる。

「タカシマさんが、砂川さんの才能を見抜いたってことですよね。すごいな」

「まあね」

俺は鼻をならしてトマトジュースを飲む。乃木はメモを取りながら続けた。

「タカシマさんの代表作といえば、なんといっても、商店街を舞台にしたバーテンダーが主人公の『仲見世オン・ザ・ロック』だと思いますが。市井《しせい》の人々の暮らしを描く、人情ものが多いタカシマさんとは作風やタッチが異なるのがまた、おもしろいですね」

「だろ。そこがいいんだ。でもこいつだって、市井の人々の暮らし描いてるよ。なんたって下水道だよ。誰の生活にも欠かせない。そこに目つけたか！って、俺は感動したね。同じ景色でも、俺が見てるのとこいつに見えるのは違うんだよな」

そこが凡人と天才の違いだよな。そんな言葉も浮かんだが、そこまで言うとあまりにも自虐的《じぎゃくてき》かと、胸の中に収める。

しばらく、ブラマンの話が続いた。乃木が質問し、俺がざっくり答え、砂川がちょっとずつ補足していく。三十分ほど話して、最後に写真撮影となった。

砂川が乃木のほうを向いて言った。

「これ、カラーページですか」

これまでと打って変わってはっきりとした口調《くちょう》だったので、俺は驚く。

「はい、グラビアページに掲載させていただきます」

乃木が答えると、砂川はさらに声を張る。

「じゃあ、ブラマンの紹介もカラーで載るんですね。表紙、できるだけ大きく扱ってください」

もちろんです、と乃木がうなずく。砂川の突然の積極性を意外に思いながら、俺は帽子を整えた。へえ、そういうことも言うんだ。

写真撮影が始まった。カメラマンに調子よくノセられ、俺はなんだかにそにそと笑ってしまったが、砂川は眉《まゆ》をぴくりとも動かさない。それがまたアンニュイないいムードを醸《かも》し出している。

「では、原稿はまたメールいたします。お飲み物の代金はこちらでもうお支払いしておりますので、どうぞごゆっくりなさってください」

乃木は滑舌《かつぜつ》良くそう言い、カメラマンと一緒に店を出て行った。そうなると、俺と砂川は腰を上げられなかった。

カップルはとうに店を出て行っており、他に客は訪れず、カウンター周りの店主とウエイトレスは無言だった。ピアノの音色だけが静かに流れる店内で、俺と砂川はぽつんと置き去りにされたようでちょっと気まずくなる。

砂川は黙ったまま、テーブルの上で手を組んでいた。俺は会話の糸口を見つけようと切り出す。

「こういう取材、もっと受ければいいのに」

砂川はかすかに首を傾《かたむ》ける。「いやです」の表示だろう。

テレビだって、もっと出りゃいいのに。せっかく求められてるのに、せっかくもっと有名になれるチャンスなのに。

俺は雑誌やテレビの取材を断ったことがない。通販カタログから依頼が来たときには、思わずガッツポーズを取るくらい嬉しかった。漫画を描くんじゃなくて、俺自身の広告出演の仕事だ。

枕を使って「よく眠れるようになった」なんてご満悦《まんえつ》な写真がのっかって、俺も有名人になったんだ、世間からやっとそんなふうに認めてもらえたんだって、いい気分だった。

俺に砂川ほどのルックスがあれば最大限に活用するのに、もったいないことしてるよな。ツイッターのアカウントだって、俺が何度もせっついてやっと開設したのが半年前だ。今ではフォロワー数は十万人超えなのに、出版社のアカウントが出す情報をリツイートするばかりで本人はたいしたことはつぶやいていない。

俺なんか必死だ。漫画のこと、制作過程のこと、人気のありそうな映画の感想や、道端の猫やらうまいもんやらの写真を投稿しまくって、やっとのことフォロワー一万人到達というところ。いいねが五十ももらえれば嬉しい。砂川なんて、ごくたまに「もう寝る」ってつぶやくだけで、いいねが確実に四桁はつく。

「もっとツイッター使えばいいじゃん」

「……まぁ。めんどくさくて」

ああ、たしかにな。ディスられたり意味わかんないリプがくるの、めんどくさいか。

俺も、エゴサーチにはひやひやドキドキだ。だけどやらずにいられない。どう思われてるか知りたいもん。褒《ほ》められてればすげえ元気出るもん。だからおっかなびっくり、賭《か》けに出るような気持ちで自分の名前や作品タイトルを打ち込む。

「いいこと教えてやる。俺、気づいたんだ。エゴサーチするとき、タカシマ剣じゃなくて『タカシマ剣さん』とか『タカシマ剣先生』で検索すると、まず悪くは書かれてないぞ。情報量は圧倒的に減るけど、傷つくリスクもかなり減る」

「いや、いいんです。ネットの個人的評価とかは、見てないです」

　砂川はカップに口をつけた。

もうすでに、ヤツは何か嫌な思いをしたのかもしれない。そりゃそうだろう、人気者にとってファンとアンチはセットみたいなもんだ。

　プロになるというのはそういうことなんだと思う。公《おおやけ》の目に触れるネットの場で、どこの誰かもわからないヤツから悪意に満ちた言葉を投げかけられたり、ろくに読んでもいないくせに知ったようなことを論じられたり、作品とはぜんぜん関係ないことをあれこれ言われたりする。そしてそれが、勝手に拡散されていく。無責任に、野放図《のほうず》に。

　想像するだけで憂鬱《ゆううつ》だけど、でもじゃあ、そんな心配のない投稿時代に戻りたいかって言われたら俺は絶っっ対戻りたくない。こういうことはわかった上で、ぜんぶ引き受ける覚悟で、俺は漫画家になることを望んだのだ。

　俺は砂川に向かって、声を強めた。

「いいか、おまえがこれからどれだけ素晴らしい作品を描いたって、ケチつけてくるヤツは必ずいる。必ず、だ。つまんねえってノーリスクで評するヤツに振り回されると、逆にホントにつまんねえ作品しか描けなくなるぞ。だからそういうの気にすんなよ」

砂川はほんの少し、瞼《まぶた》をきゅっと縮ませた。

そして斜めから目線を流してくる。

「特に気にしてないです。自分の感性でいいと思って手に取ってくれる読者ばかりじゃなくて、賞を獲ったからっていう理由で読み始める人たちが増えれば合わないって声も出てくるのは当然だし、そういう感想がネットに飛ぶのは想定内だと思ってます」

ズン、と頭の裏に鈍痛《どんつう》が走った。

なにを、急にしゃべりだしたかと思えば、生意気な。

わかったぞ、なんで俺との対談なら取材をＯＫしたのか。

こいつ、自分がもうとっくに俺を超えてるって、見せつけたかったんだ。雑誌の対談でそれをさらして、俺に恥をかかせたかったんだ。

薄黒い煙が自分の中にもくもくと広がってきて、俺はトマトジュースをごくりと飲んだ。どろっと赤くてすっぱいような甘いようなそれは、つくづく人間くさい飲み物だ。

対し、青い液体をさらさらと上品に体に取り入れてる砂川は、ほんとに生物なのか疑わしいぐらい機械的で冷たい。

機械。そうだな、初めからそうだったな。完璧《かんぺき》な姿で、ミスもなくて、感情もなくて。

「さすが、ウルトラ・マンガ大賞作家さんだなあ」

思わずそんな言葉が口をつき、自分で言っておきながらドキリとする。

明るく茶化《ちゃか》しているつもりだった。なのに、サボテンみたいに棘《とげ》があるのがわかる。不格好な体から飛び出た、身を守るためのちっちゃい針。

でも砂川はまったく動じない様子で、淡々と言った。

「賞を獲ったのは、作品です。ぼくじゃないです」

「……え」

「ぼくじゃないです。ブラマンがみんなに愛してもらえたんだ」

二回も言った。ぼくじゃないです。

体の中心でカーンと金属音が響いたみたいに、身がふるえた。眠っていたのを起こされたような感じだった。

さっき砂川が乃木に唯一積極的だった言動を思い出す。このページはカラーなのかとか、ブラマンの表紙を大きく扱ってくれとか。

………そうか。

砂川は、自分が注目されることなんかぜんぜん求めていない。作品がすべてなんだ。取材ではブラマンをきちんと宣伝してもらえることが一番大事で、でも自分ではうまく話せないから、俺と組めばぺらぺらしゃべってくれるって思ったんだろう。そうだよ、俺は自分が目立つためなら何でもしてきた。今日だって、砂川に便乗して俺のことも取り上げてもらいたいって思っていたのも否《いな》めない。

急に、恥ずかしくなった。自分が抱いているみっともない自己顕示欲《けんじよく》。

認められたい、ちやほやされたい、有名になってすごいと言われたい。売れっ子になって金がほしくて、女にモテたくて。

ああ、醜《みにく》い。ほんとに俺って、カッコ悪すぎる。帽子をとって、頭を掻《か》きむしる。しかし武装をはがした俺はもっとショボくて目も当てられない。俺は丁重に髪を整えて帽子をかぶりなおした。

背もたれに寄り掛かって息を吐《は》き、なんとなく壁に目をやると『エスキース』の女がそこにいた。

肖像画。これ、本人とどれぐらい似てるんだろう。

「……たまに思うんだけどさ」

俺はぼんやりと、砂川に話しかけた。

「鏡もカメラもなかった大昔って、自分の顔だけよくわからないまま一生を終えてたんだよな。それ、すごいことだな。周りにいる人間の姿は全員見えるのに、自分がどんなにイケメンでもブサイクでもそれを一生知らないままなんだぜ。きっとこんな顔だろうっていう想像しかできない」

砂川も『エスキース』をじっと見ている。俺は続けた。

「そういう時代の人たちは、だから絵を描いて相手の顔を伝えたのかもしれないなって思うんだよね。もし実物よりイケメンに描いてもらったら、一生それが俺だと思って生きていけるんだよな。それって幸せだな」

逆でも同じことだ。ブサイクに描かれたらそれが俺にとっての俺になってしまう。おまえは才能がないって言われ続けたら、ほんとうにそんな人生しか送れなくなってしまうみたいに。

だから褒めてほしくて、認めてもらいたかったのかもしれない。人からの評価ばかり気にしていたのは、そこだったのかもしれない。

人のことはハッキリ見えるけど、自分のことはまったくわからない。鏡やカメラがあったって、結局それは変わらない。

砂川は『エスキース』を見るのをやめ、カップに手をやりながら言う。

「ぼくはべつに、一生、自分の顔を知らないままでもいいです」

「えーっ？　マジで？」

思わず大声が出た。そういう人間がいるってことに、心から驚いた。

俺はしげしげと、砂川を眺《なが》めた。こんな美しい顔を持っていながら、皮肉な話だ。

「おまえって、ほんとに自分に興味ないのな」

「タカシマさんは、ほんとに自分が好きですよね」

ぐ、と喉《のど》に何かつまった。俺は半笑いで受け流す。

「こうありたいって自分がいるの、普通だろ」

砂川はしれっとして言った。

「そうですね、普通だろうな。いいなあ」

「いいなあ？　なにが」

「ぼくは、なりたいものっていうのが、何もなかったから。漫画家になりたかったわけじゃなくて、一番スムーズだったのがこれだったから。タカシマさんみたいに、強く願い続けた夢を叶《かな》えた人って、うらやましいって思います」

……なんだ、それ。どれだけの漫画家志望が血を吐く思いでデビュー目指してると思ってるんだよ。そういや美術の成績はずっと5だったって言ってたけど、よくよく聞いたらオール5だったんだよな。たいしたもんだな、砂川。

再びむらむらと憤《いきどお》りが湧《わ》いてきて嫌味のひとつも言いたくなったが、次の瞬間、その気が失せた。砂川がぽそりとこう言ったからだ。

「ぼくは何をやっても興味を持てなかったし、続けられなかった。漫画を描くまで」

砂川のつるりと白い顔を見ながら、俺はなんだか胸を突かれた。やっと気づいた。ヤツの中には傲慢《ごうまん》さのかけらもない。あるのはむしろ、素直さだ。

砂川にしてみたらきっと、なんでもできてしまうことは自慢でも驕《おご》りでもなく、逆にコンプレックスだったのだ。「普通」を与えられなかった、天才だけが抱く苦悩。そう考えたら、もはや嫉妬《しっと》も起きなかった。

俺はどうして漫画家になりたかったんだろう。

小学生のころから、気がつけばノートやら教科書の隅やらに、漫画を描いていた。友達から「うまい」とか「もっと描いて」って言われて嬉しくて、描きまくっていた。

砂川、俺とおまえは違うよ。最初から、徹底して違うよ。

俺は大学なんて行けなかった。頭も悪いし家は貧乏だった。大手企業に就職なんて、おとぎ話の世界だ。高校時代は、新聞配達しながら漫画家になることを夢見てたんだ。

漫画は、誰にでも平等に丸ごとその世界をくれる。自分で描けば、どこへでも自由に連れ出してもらえる気がした。勉強なんかちっともできなくて運動神経もなくてさえなくて、ただどうしようもなく漫画が好きなだけの俺でも。

俺は何も持っていなかった。漫画しかなかったんだ。

だからちまちま描いてちまちま投稿したよ、し続けたよ。出版社への持ち込みだって、何社も回ったよ。三十歳手前になるまで、バイト先をころころ替えながら何年も。

――あの「デビュー秘話」はちょっと盛ってある。

あの日、トイレに行くよりも前に、持ち込み原稿は他の編集者に見てもらっていた。俺の前でぱらぱらと原稿をめくったその編集者からは、それはもう、けちょんけちょんに言われた。こんなのは漫画じゃないとか、オレの時間を無駄にすんなとか、ひどい言われようだった。ただのストレス解消なんじゃないかと思うくらいに。

突き返された原稿を抱いて俺は、トイレの個室に入って泣いた。

ちきしょう。ちきしょう、こんな思いまでしてなんで俺は漫画を描きたいんだ?

だって、生まれてくるんだ。物語が、絵が。

勝手にいろんなヤツが現れてしゃべりだすんだ。どうしたって描かずにいられないんだ。俺が手を止めたら、どうなっちゃうの、こいつら。

だから抹消《まつしょう》しないでやってくれよ。せめて読んでもらえたら、この世界に存在していることを知ってもらえたら、命を灯《とも》すことができるんだ。

ぐしぐしと泣いていたら、すごい勢いで隣の個室に誰かが入ってきた。そしてさらにすごい勢いで大きな用を足しているのが聞こえた。

そのおかげでふっと我に返って涙が止まり、一応、出る前に水を流した。すると、例のあの呼びかけだ。

「おーい、隣に誰かいるかーっ」

そこからはいつもの「秘話」の通りだけど、個室を出たあとが違う。

出てきたオッサンの首に、ネームプレートがぶらさがっていた。ちらっと文字が見えて漫画編集部の人であることだけはわかった。局長とまでは思わなかったけど。

それでトイレの床に膝《ひざ》をついて原稿の入った封筒を掲《かか》げ、額をつけるぐらい頭を下げて頼み込んだのだ。

読んでください。

俺の漫画、読んでください。

お願いします。お願いします、お願いします、どうか。

オッサンは……局長は、俺から封筒を受け取ると、外の喫茶店に連れて行ってくれた。

そしてメニューも見ずに、トマトジュースを頼んだ。

「君は？」と訊かれて、どうすればいいのかわからなかったから、俺も「同じので」と言った。

局長は眉間《みけん》に皺《しわ》を寄せながら読み終えたあと、いくつかの改善点を指摘《してき》した。キャラクター設定、コマ割り、ラストまでの躍動感《やくどうかん》の強化。

「なおせる？」

そう言われて、俺は大きくうなずいた。

その日、家に帰ってから夢中で描きなおした。ちょっとの変更で、自分でもぐんぐん良くなっていくのがわかった。漫画を描くことが、おもしろくてたまらなかった。とりつかれたようにペンを走らせ、徹夜明けのままバイトに行って帰ってからまた描き続け、俺は三日で修正原稿を完成させて局長のところに持っていった。

また同じ喫茶店でそれを読んでくれた局長は、観音《かんのん》様みたいな目をして言った。

「いいね。私は好きだな。こういう漫画が、あってもいい」

その言葉を聞いたとたん、顔がぐしゃぐしゃにゆがむのがわかった。やっと。やっと生かしてくれる編集者がいた。俺の漫画を。

その場に崩れ落ちそうな体をなんとか持ちこたえ、俺はいつまでも頭を下げていた。トマトジュースのグラスがふたつ置かれたテーブルに、目から涙が、鼻から鼻水が、ぼたぼたとこぼれて水たまりを作った。

預かるよ、と受け取ってくれた局長からは、翌週電話があった。

『ルーカス』のページが急に空きそうなので掲載したいと。

それからトマトジュースは、俺にとって特別な飲み物だ。自分を奮《ふる》い立たせるための。

おまえのおかげで、思い出したよ、砂川。

俺の中にも確かにある。作品は俺であって俺じゃないって気持ち。世の中に出していくべきなのは、本当に大切に扱ってほしいのは、俺自身じゃなくて作品だ。

えらそうに暑苦しい説教なんかして、ごめんな。

俺が砂川に教えることなんて、もう何もない。俺はちょっと通りすがっただけ。こいつはあっというまに、手が届かないくらいに遠くに行ってしまった。蝶々みたいに、鳥みたいに羽ばたいて。

あらためて、おめでとう。

おまえは真の実力者だ。俺が見出《みいだ》したわけじゃない。どこでどうしたって、なんらかの形で砂川はいずれ漫画を描き始め、世間に認められただろう。漫画の神様がその才能を放っておくはずがない。

そのとき、店主がカウンターの中で、小さく「ん」と声を上げた。

きょろきょろっと、何かを探している。

するとウエイトレスが音もなく歩いていき、レジ脇の引き出しから輪ゴムの入った袋を取り出した。そしてカウンター越しに、店主に向かってぽん、と放る。

店主はうまくキャッチし、黙ったままちょっとだけその手を掲げて笑った。ウエイトレスも何も答えず、店主と目を合わせ、唇の端をほんの少し上げた。

………なんだ、今の。

あのウエイトレス、どうして店主の探し物がすぐわかったんだ？　そして受け渡したあとのアイコンタクト。すごくないか。一言の声も発することなく、以心伝心《いしんでんしん》かよ？

ふたりの呼吸を目《ま》の当たりにして、俺は思った。

仲がいいとか悪いとかじゃないのかもな。きついこと言ったり無口だったりする反面、言葉がなくても通じてしまうほどに、あのウエイトレスは店主の理解者なのかもしれないな。

そしてそのことを、店主はちゃんと気づいているんだろうな、きっと。

テーブルがブブッと振動した。砂川のスマホだった。

砂川はスマホを人差し指でささっと撫《な》で、はっと動きを止めて目を見開いた。

「どした？」

「…………ブラマンのアニメ化、決まったみたいです。編集さんからメールで」

「おおっ！」

俺はぐうっと拳《こぶし》を握る。

「やった……！　やったなあ、砂川！」

バシバシと砂川の背中を叩くと、ヤツは体をよじらせて逃げた。

昨今の漫画家にとって、賞はもちろんありがたいものだが、やっぱりアニメ化はでか

い。これで一気にキャラクターの絵が多くの人の目に触れるようになって、爆発的に読者層が広がる。

　俺はべつに、ブラマンがアニメ化されることに驚いて熱くなっているわけじゃない。そう遠くない未来にそうなるとは思っていた。ただ、砂川がそれを知る瞬間に立ち会えたことにすごく興奮したのだ。

　嬉しかった。俺の好きなあの漫画が……砂川のブラマンが、俺の目の前でどんどん大きく育っていくことが。

「おまえ、もっと喜べよ！」

「………喜んでます」

　まったく嬉しそうでもない砂川の、スマホ画面にあてている指が小刻みにふるえていることに、俺はようやく気づいた。俺はなんだか心がほわっとして……そして申し訳ない気持ちにもなった。

　俺はなんでも、わかりやすく表に出ているものだけで判断していたかもしれない。こいつのこと、今までどれだけちゃんと見ていたのだろう。

　砂川はスマホを操《あやつ》り、担当編集者が送ってきたＵＲＬから、今回のアニメ制作に関わる会社のサイトや、楽曲の候補となっているミュージシャンについての情報を見た。俺は亀みたいに首を突き出し、一緒になって砂川のスマホをのぞく。

細かい字がうまく読み取れず必死で文を追っていたら、案《あん》の定《じょう》、目がしばしばしてきた。ドライアイには潤い補給。俺は目薬を取り出そうと、バッグの中を探る。

目薬を手に取りながら、俺は風呂に入ったみたいないい気分になっていた。すっかりゆったりさっぱり、のんきに砂川に声をかける。

「いや、ほんとにさぁ。運がいいだけの俺とは違って、おまえ、才能あるよ」

砂川はふとスマホから顔を上げ、抑揚《よくよう》なく言った。

「タカシマさんって、運いいですか？」

「へ？」

急に冷や水をぶっかけられたような気がした。

俺が目薬を片手にぽかんとしていると、砂川は淡々と続ける。

「編集さんから聞きましたよ。タカシマさんが栄星社で最初に持ち込み見てもらった編集者って、志願者つぶしで有名だったみたいじゃないですか。電話を取った編集者が持ち込み受けることになってるから、そこで当たっちゃうなんてのっけから運悪いですよ。その人、経費の使い込みがばれて一年でクビになったみたいだけど」

あわわ、と口が開く。二の句が継げないままの俺をよそに、砂川はたたみかけた。

「あのデビュー話、タカシマさんはアレンジしてるけど、編集部では伝説になってますよ。原稿読んでくれってトイレで土下座《どげざ》した男って、秘話の秘話となって。デビューのお

膳立てしてくれた局長だって、すぐ定年退職してマレーシアにリタイア移住しちゃって、そのあとタカシマさん、二作目にこぎつけるのにだいぶ苦労したそうじゃないですか」

　かあっと頭に血がのぼった。土下座したことまで話すなんて、局長のおしゃべりめ。そして編集部で知られているとも思わず、局長が海外にいるのをいいことに都合よく吹聴《ふいちょう》していた俺って、なんてまぬけなんだ。

　なんだか騙《だま》された気分だった。砂川はいつから知ってたんだ？　そういうことはもっと早く言ってくれよ。赤《あか》っ恥《ぱじ》じゃないか。

「それに、タカシマさんってじゃんけん弱いし、宝くじ毎回買ってるけど当たったためしがないし、電車乗ってもたいがい座れないし、仕事場のティッシュ箱、最後の一枚はだいたいタカシマさんが引いて新しいの出してるし、ネットで買い物するとびっくりするくらいしょっちゅう不良品に当たるし」

「………う」

　何かのスイッチが入ったみたいに、砂川は多弁になった。まるで責められているような気持ちにもなる。そしてヤツはぴしりと鋭利な刃《やいば》を刺した。

「ぼく、タカシマさんが運のいい人だなんて思ったこと、一度もないですよ」

　やめろ……俺をこれ以上、みじめにさせるな……。

　ああ、そうだよ、たしかにそうだよ。才能がないから、せめて「運がいい」なんて自分で自分にそう言い聞かせているだけだよ。俺は運すらいいわけではなく、あのデビューはすべて局長の人徳のおかげでしかない。

「まあ……そうかもな。俺は単に、局長に救われたというか……」

認めざるを得なくてしどろもどろになっている俺に、砂川はぷるっと首を横に振る。

「タカシマさんが局長に救われたんじゃなくて、作品がタカシマさんに救われたんです」

は、と俺は砂川を見た。砂川は透き通った瞳で俺を見つめてこう続けた。

「タカシマさんは、運じゃなくて努力の人です。ぼくは尊敬してます。すごく」

なんだよ……なんなんだよ。

そんなことを言いながらも、砂川は表情を変えない。体が熱くなるのを感じながら俺は、砂川の言うことには一塵《いちじん》の嘘《うそ》もごまかしもないのだと確信した。

ヤツはいつもそうだった。大事だと思うことからは、決して目をそらさない。ネーム切り、ペン先の使い分け、コマ割りの運び。俺のそばで、水をぐんぐんと吸い上げていくスポンジみたいに技術を自分のものにしていった砂川。

そしてそのとき同時に、俺のこともずっと見てくれていたんだ。

ほ、と胸をなでおろしたい気分だった。

俺も、ちゃんと気づくことができて良かった。

俺のことを誰よりも認めてくれる、無口な理解者がすぐそばにいたことに。

飲み干したトマトジュースのグラスが、うっすらと赤くぼやけている。俺は砂川に顔を向けた。

「今日の対談、おまえと一緒に雑誌に出られて嬉しかったよ。すごくいい記念になった。ありがとな」

砂川は依然、ニコリともせず答える。

「いえ、こちらこそ。こういうことでもないとぼく、自分からタカシマさんに会いたいとか言えないから」

つっけんどんな物言い。砂川だ、これが。

俺は「そういうことは、もっとにこやかに言えよ！」と言って笑った。笑った。

笑ってるのに。

どういうわけだか涙目だ。目薬なんて、やっぱりいらなかった。

四章

赤鬼と青鬼

青信号が点滅している。

私は横断歩道を小走りに渡った。ちかちかと急《せ》き立ててくる青い光を、まるで目指すようにして。アスファルトに引かれた白いラインをいくつも飛び越え、もう少しで向こう岸に到着というところで、信号は赤に変わってしまった。すぐそばで待機している車が、今にも突進してきそうな獰猛《どうもう》な動物に思える。私は逃げるみたいにスピードを上げて走り切った。

信号機のポールのそばで、いったん足を止めた。安堵《あんど》と一緒に吐《は》く息が白い。新しい年が明けて半月が過ぎ、街はすっかり日常を取り戻している。車道では車が、歩道では人々が行き交っていた。

ドクドクと、心臓が早打ちしていた。ちょっと走ったぐらいで息切れするなんて、あきらかな運動不足だろう。寒いのが苦手で体が縮こまっているせいか、最近少し息苦しい。

私はマフラーを巻きなおし、姿勢を正した。

あと五分も歩けば職場に着く。出勤時刻までまだだいぶ余裕があった。

それなのに私は、どうして横断歩道を走ったりしたのだろう。

都内の輸入雑貨店「リリアル」で働き始めて一年半になる。

五十歳での転職だった。それまでいろいろな仕事を転々としていて、もうこの年では正社員で雇《やと》ってくれるところなどないと思っていた。接客からスタートし、三ヵ月後には仕入れも少し任せてもらえるようになった。本当にありがたいと思う。

フランスやイギリスを中心とした海外の食器やインテリアは、見ているだけでも心がはずむ。リリアルで扱う商品としてどんなものがぴったりくるか、カタログやネットを見ながら吟味《ぎんみ》するのがすごく楽しい。

私を拾ってくれたオーナーは、先月還暦《かんれき》を迎えた。しゃきっと背筋の整った気丈な女性だ。ベリーショートにしたグレイヘアのナチュラルさが、かえって艶《つや》っぽく感じられる。恋多き私生活も若々しさの要因のひとつかもしれない。今の恋人はたしか十五歳年下で、他にもボーイフレンドが何人もいるらしかった。

雑居ビルの一階にあるこの小さな店は、彼女と私のふたりで回している。開店準備を終えたところでオーナーが言った。

「ねえ、イギリスに買い付けに行ってみない？」

「買い付けに？」

「あなた、目利《めき》きだし、取引先とうまくコミュニケーション取れてるみたいだし。そろそろ現地を見に行くのもいいんじゃない。私忙しいから、ひとりでお願いできる？」

胸がふくらんだ。オーナーに認めてもらえたこと、仕事で海外へ行けること、本場の雑貨に触れられること。それを私ひとりに任せられたこと。

「……行きます！　行きたいです」

オーナーはウインクをひとつして、ほほえんだ。

早くも心はイギリスに向かっていた。それまでただうっとりと憧れるだけだった、まだ見ぬ遥《はる》かな国。

これまでの私はどうにも職が定まらず、いつもどこかくすぶっていた。でも今、こんなにもわくわくした気持ちに満たされている。五十一歳にしてようやく、自分のやりたいことをつかめたのかもしれない。

「パスポートの期限は切れてない？」

「はい」

勢いよくそう答えてから、はっとする。

パスポート。

あれ、どうしたっけ……。もしかして。頭の中で記憶を手繰《たぐ》りながら、自分の犯したミスに気づく。

ああ、そうだ。私は、パスポートを置いてきてしまった。

彼と暮らしていたふたりの部屋に。

その日、仕事を終えると、私はうつむきがちに駅に向かった。

今日一日、久しぶりに何度も考えてしまった。別れた彼のことを。

２ＬＤＫの賃貸マンション。古いけど南向きリビングの三階で日当たりがよくて、ふたりともひと目で気に入って決めた。その前はコーポの一階で底冷えのする１ＤＫだったから、すごい昇格だよねなんて言って。

私があのマンションを出てひとりになってから、ちょうど一年だ。もう一年という気もするし、まだ一年かとも思う。

玄関先で別れたのが冷たい雨の日だったことを、すごく覚えている。私を見送る彼の、ぼんやりとした笑顔。私は最後まで彼の本心が読み取れなかった。ずいぶん長く一緒にいたけど、結局いつも互いの本当のところはわかっていなかったんだと思う。

もう二度と、この顔を見ることも、話すこともない。

そう思ったのに。

駅の改札を抜けながら、自分の詰めの甘さが悔《く》やまれた。

通帳や印鑑はそれぞれで管理していたのに、パスポートだけは二人分まとめてベッドサイドの引き出しの中に入れていた。たぶん、日常使いではなかったからだ。異国の地へ行くという、ちょっとファンタジーみたいな位置づけで。

鍵はもう、持っていない。こっそり入って取り出すことはできない。

となると、やはりどうしても彼に連絡をする必要があった。パスポートを私宛《あて》に送ってほしいと伝えなければならない。

でもどうやって？

手紙というわけにもいかないだろうし、メールかラインか……電話か。いずれにしても、別れてから一度も連絡を取っていないのだから気が重い。しかも、こっちの不手際《ふてぎわ》が原因で「お願い」をするなんて。

寒さと狼狽《ろうばい》に震《ふる》えながら立っていたホームに、電車がすべりこんできた。行儀よく並んでいた乗客に続き、私は車両に乗り込む。

人混みにぎゅうっと押されながら、片手でつり革につかまった。そこでふと、未確認の重大事項に気づいた。

彼はまだ、あのマンションにいるのだろうか。

あの人だって、五十を過ぎても職が定まらず、ふわふわしているところがあった。別れる前は、チラシやパンフレット、フリーペーパーなどのデザインの仕事をフリーで受けていた。今もそうして家で仕事しているのか、それともまた何か違うことを始めたのか、もっといえば日本にいるかどうかもわからない。

急に彼をすごくすごく遠く感じた。いや、私が遠くまで来てしまったのか。

そのときだった。

不意に、心臓がバクンと大きな音を立てた。痛みはなかったけれど、止まったのかと思うぐらいの衝撃だった。

戸惑《とまど》っているうち、息ができなくなってくる。酸素が体に入ってこないのだ。もがくようにしてつり革を握りしめ、呼吸の仕方を必死に思い出そうとした。

でもさっぱり要領がわからない。私は今まで、どうやって息をしていたんだろう。考えたこともなかった。どうしよう。苦しい、苦しい苦しい苦しい。なんだろう、これは。

額《ひたい》からも手からも汗が噴き出してきた。熱いのか寒いのかも判別できなかった。ただただ体を動悸《どうき》に支配され、いきなり海の底深くに投げ込まれたようにもがき続ける。

誰か。誰か誰か、助けてください。こんなにたくさん人がいるのに、誰も私を見ていない。声も出ない、動けない。

車内アナウンスが入った。もうすぐ次の駅だ。そこまでなんとか持ちこたえようと、わずかな希望にすがる。電車が停車すると同時に、ありったけの余力を使って降りたこともない駅のホームに飛び出した。

冷たい外の空気が、ひんやりと体を包む。人々は変わらず私に無関心なまま、通り過ぎていく。私はベンチに座り込み、胸を押さえた。

ひゅるっと、空気が体の中に入り込んでくる。できた。息、できた。

ふう、ふう、はあ、はああ……。少しずつ、体が楽になってきて、私はようやくあたりを見回した。

空はすっかり黒い。線路を挟んだ向かいのホームには、まばらに人がいる。座っているベンチのそばでは、自動販売機が光っている。じゃれあって腕を組んでいる若いカップルが、私の目の前を歩いていく。

すとん、と、いつもいる世界が戻ってきた。呼吸の仕方なんて、考えなくてよかった。どこもまったく苦しくない。あんなに悶絶《もんぜつ》したのに、何事もなかったかのようだった。

寒いところから急に暖房で暑い車内に入って、温度差で何か体が反応したのだろうか。車酔いみたいなこととか。

それとも……。

私はバッグから手帳を取り出す。

二月二日。スケジュールページのその日付に、赤いペンで星のマークをつけていた。

あと二週間。

電車がやってきた。私は手帳を閉じてバッグにしまう。

そしてそのままいつもの通り、私ひとりで暮らしているワンルームへと帰宅した。

翌日はリリアルが定休日だったので、念のため午前中に近所の内科を受診した。

年配の男性医師に、突然胸が苦しくなって息ができなくなったと伝える。聴診《ちょうしん》や心電図、レントゲン検査の結果、特に異常は見当たらなかった。

「ストレスではないですか」

医師はそっけなく言った。

ストレス。この曖昧《あいまい》な言葉をどう受け取れば良いのだろう。だいたい、ストレスのない生活なんて存在するのだろうか。私が黙っていると、医師は説明書を読むみたいに淡々と続ける。

「寝不足とか、すごく疲れているとか」

「…………それは、そうかもしれません」

「まあ、あんまり気にしないでゆっくり休むのがいいですよ。様子を見て、何かあったらまた来てください」

何かあったから来てるのに。

そうは思ったものの、早く診察を終わらせたそうな医師にそれ以上のことは言えず、私はコートを持って丸《まる》椅子《いす》から立ち上がった。

ともあれ、別段悪いところはないのだ。たしかにここのところ寝不足だったかもしれない。仕事は楽しいから「疲れている」という意識はあまりなかったけど、つい根《こん》詰めて資料を作ったり、取引先へのメールの英文を完璧《かんぺき》にしたくて何時間もかけてしまうことはよくあった。

診察室を出て、会計を待つ間にトイレに行く。小さな洗面台が設置してある壁には、何の飾りもない鏡がかかっていた。個室に入りすがら、自分の姿が映ってぎょっとする。思わず顔を背《そむ》けたいのをこらえ、足を止めてその四角形の中をまじまじと見た。

青白い蛍光灯《けいこうとう》の下、顔色の悪い中年女が不機嫌な表情で立っている。目の下はたるみ、法令線《ほうれいせん》はくっきりと谷を作り、こめかみに茶色いシミが浮き出ていた。

うそだ、違う。これは私じゃない。私の知っている私じゃない、私の思っている私じゃない。私は今、輝いているはずだ。ひとりを謳歌《おうか》して、好きな仕事をして。

寒くて血行が悪いだけ。寝不足なだけ。疲れているだけ。好きなことだってストレスになるって聞いたことがある。近所の内科に行くだけだから、たいした化粧もしてこなかったし、セミロングの髪の毛もとかしただけだし、服装だって適当だ。何より、この古臭い蛍光灯がいけない。

私は頭を振り、鏡から離れて個室に入った。

病院から出ると、正午を過ぎていた。

目についたカフェで軽くランチを済ませようと思ったが、平日なのでどこもいっぱいだった。

晴れていて気持ちのいい昼下がりだ。青い空を見上げていたら、私はようやく、受診結果がなんともなかったことにほっとした気持ちになった。テイクアウトのサンドイッチとホットカフェオレを買い、公園まで歩いていく。

ベンチに座り、チキンサンドを頬《ほお》ばる。そうだ、パスポート。また思い出す。手っ取り早いところで、事務的に短くラインしてしまうか。でもその返事を待つのはそれこそストレスだ。気づかれなかったり既読スルーされたら、また次の手が面倒だし。

全部食べ終わって人心地《ひとごこち》がつくと、魔がさしたように「電話してみようかな」という気になった。

スマホを握り、その勢いに乗っかってしまうことにした。連絡先アプリから彼の名前を探す。ドキドキしていたけれど、それは電車の中で起きたあの奇妙な動悸とは異なる種類のものだった。小刻《こきざ》みに脈打つ、現実味のある緊張感。

トゥルルル、と呼び出し音が耳に流れ込む。やっぱり無理だ、切ってしまおうと思った瞬間、ぷつっと機械音が途絶《とだ》えた。

「………もしもし」

彼だ。

私からかけたのだからあたりまえだ。それなのになんだか、びっくりしてしまった。もちろん、スマホ画面に表示されたであろう私の名前を見て、彼のほうがもっと驚いているだろう。

「もしもし？」

もう一度、彼が言う。私が黙っていたせいだ。あわてて私も声を絞《しぼ》り出す。

「あ……私です」

一瞬の間《ま》のあと、「うん」だか「ふん」だか、言葉にならない彼の吐息《といき》がこぼれ落ちる。そしてためらいがちな声が聞こえた。

「えっと………。茜《あかね》、さん」

茜さん？

私のことをそんなふうに呼んだことなんて、一度もないくせに。

他人行儀《たにんぎょうぎ》な言い方で、距離を取ろうとしているのか。おまえとはもう無関係だって。

でもそれはそうだ、その通りだ。私は思わず対抗した。

「はい、茜です。蒼《そう》さん」

彼はぷっと吹き出した。

「なんか、新鮮だな。いいな、蒼さんって」

私だって、彼のことを初めてそんなふうに呼んだ。ちょっと悔しいけれど、彼が笑ってくれたことで緊張がやわらぐ。でもそうなってくると彼をなんと呼べばいいのかわからなくなってしまった。

私は残っていたカフェオレを一口飲む。彼は温かくも冷たくもない、適切な温度で短く「元気？」と言った。

「うん。元気」

「そう、よかった」

「そっちは」

「元気だよ」

「……よかったね」

彼が「どうしたの」とか「何かあったの？」とか訊《き》いてこないので、このままだらだらと世間話をしてしまいそうな雰囲気だった。これでは、まるで私が彼の声を聴きたくて未練がましく電話してしまったみたいじゃないか。いいから、早く用件を済ませなければ。

私は切り出す。

「あの、えーと。実は、お願いがあって」

「お願い？　俺に？」

イヤそうには聞こえない。ちょっと意外そうで、そしてちょっと、ウケているふうだった。私はひと呼吸置き、できるだけフラットな口調で伝える。

「イギリスに出張に行くことになったの。でもパスポートをそっちに忘れていっちゃったみたいで」

「ああ、そうなんだ」

言った。言ってやった。私は、イギリスに、出張に、行くことになった、の！

するりとかわされて、見えていないのをいいことに私は唇《くちびる》を曲げた。もっと反応してくれたっていいのに。すごいじゃん、くらい言ってくれたっていいのに。私は不服に思いながら、とうとう「お願い」をする。

「それで、申し訳ないんだけど、送ってもらえないかな」

「え？　パスポートを送るの？」

「うん。普通郵便じゃ心配だから、悪いんだけど書留で」

「えー」

今度は彼のほうが不服そうだった。

「それ、郵便局行かないといけないじゃん。俺、今すごく忙しいの。取りに来てよ」

そう言われて、いろいろな想いがぐるぐるする。

取りに来てって、それはつまり、彼はあのマンションにそのまま住んでいるということだ。そして、私とはもう会いたくもないってことでもないってことだ。それなら、「パスポートを封筒に入れて住所を書いて郵便局の窓口まで持って行って書留で出す」という一連の煩雑《はんざつ》な作業を彼にさせて恩を作るよりも、さっと受け渡しを済ませたほうがお互いに楽かもしれない。

「……そのほうがいいなら、そうするけど。いつ？」

「今日の夕方なら。仕事してると思うけど、家にはいるし」

私はうろたえた。いきなり、今日？

でも、今日なら私も予定はない。早く解決してすっきりしたい気持ちもある。

私は四時に約束をし、ベンチを立った。


　ワンルームに帰って、まずクローゼットを開けた。何を着ていこう。彼の見たことがない服。気張りすぎていない服。でもさらっとセンスのいい服。

　さんざん考えて、カシミアのニットにした。明るい葡萄《ぶどう》色で、品のある華やかさが気に入っていた。ボトムはベージュのロングスカートを選ぶ。下は無難なくらいがちょうどいい。

　次にアクセサリーボックスを開ける。またあれこれと迷った末、シンプルなネックレスとピアスをシルバーで合わせることにした。

服とアクセサリーが決まると、急いでシャワーを浴び、念入りに髪をブロウする。

顔に下地クリームを塗り、ファンデーションをのせながら気づく。あきらかに、病院のトイレで見た私とは違っている。目がぱちりと開き、肌の色艶が良くなっている。ビューラーで睫毛《まつげ》を上げ、マスカラを塗り、眉毛《まゆげ》を整えて息をついた。「気」みたいなものが、体の中を駆けめぐっている。

皮肉な話だ。今まで、彼と会うのにこんなに心を砕いたことがあっただろうか。一緒に暮らしていたころは、寝起きのまま顔も洗わずパジャマで一日過ごすことだってあったのに。でも私が今、どうしてもきれいであろうと奮闘しているのは、甘やかな恋などではなく虚勢《きょせい》だ。老《ふ》けたなと思われるのは耐えられなかった。別れて惜《お》しいことをしたと悔しがらせたかった。その一方で、あんまり気合を入れすぎて俺のためにお洒落《しゃれ》してきたと調子に乗られるのはシャクだとも思う。力加減が難しい。自分で自分が、面倒くさい。

マンションに着き、エントランスのインターフォンで部屋番号を押した。

すぐに「おう」と返事があって、内ドアが開く。おかしな感じだった。何年も住人だったのに、私はもう許可されなければここに入ることができない。

エレベーターで三階まで上がると見慣れたドアの前に立ち、またチャイムを押す。ややあってドアが開かれ、彼が顔をのぞかせた。

「……あ」

「どうも……」

寝ぐせがついたままの髪、昔から着ている色あせた紺のトレーナー。一年ぶりに元恋人と会うというのに、いくら家だからってもうちょっとなんとかならなかったのか。あまりにも変わらなすぎるその姿に、戦闘態勢で来た自分がばかばかしくなった。

「どうぞ」

促《うなが》されて私はショートブーツを脱ぐ。

リビングに入っていくと白い塊《かたまり》がさっと床を横切り、私は思わず肩をふるわせた。

猫。真っ白な。

びっくりした。

「え？　飼ってるの？」

私が訊《たず》ねると、彼はキッチンに向かいながら「うん」と答えた。

「知り合いに、怪我《けが》をした猫を保護したって人がいて。その家で飼おうとしたんだけど、奥さんが猫アレルギーだってわかってさ。なんというか、めぐりあわせみたいなものを感じて、うちに来てもらった」

白猫はソファの上で横たわっている。猫の年齢はわからないけど、まあまあな大人だろう。ふいっと顔をそらされたときに、耳の後ろに筋のような傷痕《きずあと》が見えた。

「怪我って、耳の？」

「いや、それは前からあったみたい。怪我したのは後ろ足で、あんまり深い傷じゃなかったからもう治《なお》った。コーヒー、飲む？」

もうすでに、ガスコンロの火にやかんが置かれていた。パスポートを取りに来ただけだからいい、と言おうとしたのに、私の口は勝手に「うん」と答えていた。

一緒に暮らしていたころ、日曜日の朝は決まって彼がコーヒーを淹《い》れてくれた。そして必ず、今みたいに「コーヒー、飲む？」と訊いてきたのだ。私はその問いに「うん」以外の返事をしたことがなかった。ブランクがあっても、条件反射が抜けないらしい。

猫がソファであくびをしている。

私は生き物と暮らしたことがない。猫が家の中にいるという状況にちょっと気持ちが高ぶって、ソファに近づいた。とたんに、猫はソファを下りてキッチンのほうへ行ってしまった。嫌がられている。

私はそのまま、ソファに腰を下ろした。

カウンターキッチンの向こうで、食器棚からカップを取り出しながら彼が言った。

「白猫って、普通の猫よりも警戒心が強いみたいだよ。自然界では白が目立つから、危険な目にも遭《あ》いやすいんだって」

そしてひとり言のようにつぶやく。

「なんにもしてないのになあ。生まれつき白いってだけで」

お湯の沸《わ》く音。彼は火を止めた。

私はソファにもたれて、部屋の中をぐるっと見回す。

私がいたときと、変わったところがいくつかあった。猫に爪とぎされたのだろう、ソファの肘掛《ひじか》けがぼろぼろになっていること、クッションカバーを替えたこと、窓の前に薄いフェンスが置かれていること。

ふわりといい香りが漂《ただよ》い始め、彼がコーヒーを運んできた。私はマグカップを受け取りながら言う。

「忙しいんでしょう」

「うん、めちゃくちゃ忙しい」

満足そうな笑顔。ちょぼちょぼと無精髭《ぶしょうひげ》が生えている。数日、ろくに外出もしていないという感じだった。彼はダイニングテーブルにつき、積んであった雑誌を広げた。私が来ているのに、おかまいなしだ。あまりにもリラックスしているその姿に、私がここを出てからの一年間がすべて夢だったような気がした。ずっとずっと同じように、こうして一緒に居続けているような。

でも夢じゃない。私は、パスポートを取りに来たのだ。

ローテーブルにカップを置き、私は立ち上がる。寝室に向かおうとすると、床にいた猫がまた私を避けるようにして足早に部屋の隅へと去っていった。

別に、何もしないよ。ちょっと傷ついたけど、まあ、いい。今度こそもう、ここに来ることなんかない。

私は寝室に入り、ベッドサイドの引き出しを開けた。ふたつのパスポート。中を開いて名前を確かめ、自分のものだけ持ってリビングへ戻る。

雑誌をめくっている彼の膝《ひざ》の上に、猫がいた。

彼はもう、私なんかいなくてもまったく平気なのだ。悠々《ゆうゆう》自適《じてき》で、仕事もたくさんあって忙しくて、なついてくれる猫がいて。

私だって、平気だ。ぜんぜん、平気。ひとりでやっていけている。

「もう、行くわ」

私は言った。彼は猫を撫《な》でながら「そう」と答える。

猫は気持ちよさそうに目を閉じていた。きれいな毛並み。バイバイ、という気持ちでお尻のあたりをそっとさわったら、猫は目を開けて私を見た。逃げられるかと思ったけど、そのままじっとしている。そして再び、ゆっくりと目を閉じた。


二回目の発作が起きたのは数日後の朝だった。

仕事に行く支度《したく》をしているときから、ちょっとおかしいなという気配はあった。なんとなく手がしびれていたし、喉《のど》に軽い違和感があった。

冷え込みがきつかったせいだろうと思った。寝つきが悪くて起きるときもつらかった。食欲もなく、風邪《かぜ》の引き始めかもしれないと、蜂蜜《はちみつ》を落としたホット・ジンジャーティーだけ飲んで出勤した。

いつものように電車は満員で、蒸していた。人。人人人人、人。

つり革に手をかけ、揺れに抗《あらが》うようにして足を踏みしめながら、リリアルの最寄《もよ》り駅まであとふたつというところでそれはまた突然やってきた。

バクッと大きく振動する心臓。激しい動悸。ああ、まただ。息ができない。誰も押してきているわけではないのに、圧迫感で胸がつぶされそうだった。息、息を吸わなきゃ。だめだ、私の周りだけ水中みたいに空気がなくなってしまったのかもしれない。額から手足から汗が噴き出ているのがわかる。必死でつかまっているつり革がすべる。

苦しい、助けて、誰か早く、早く早く電車を止めてください、このままだと溺れる窒息《ちっそく》するどうしようどうしようどうしようどうしようどうしようどうしようどうしようどうしようどうしようどうしようどうしようどうしようどうしようどうしよう、

死ぬ。

気を失う一歩手前で、電車が止まった。朦朧《もうろう》とした頭で私はつり革から手を放し、よろ

よろと外に出た。

ベンチを探す余裕もなく、ホームの柱の根元に座り込む。電車から脱出できた安堵感に満たされ、息が戻ってきた。

急ぎ足の人々の大半は私の脇をすり抜けていったが、ひとりだけ、若い女性が「大丈夫ですか」と声をかけてくれた。呼吸できていることにとりあえず心が落ち着き、顔を上げてわずかにうなずいて見せた。

「お水、いりますか」

彼女は自分のトートバッグから未開封のペットボトルを取り出した。飲みたい気もしたが、私は軽く首を横に振った。

「大丈夫です、ありがとう」

私はそう言い、立ち上がった。本当に大丈夫だったのだ。嘘みたいに。

笑顔さえ見せた私に、彼女はほっとした表情で会釈《えしゃく》して去っていった。

天使かな。そう思った。清らかな優しさに打たれて、ちょっと泣けた。

ストレートのロングヘア。目元の涼しい、二十歳《はたち》ぐらいのきれいな子だった。きっと学生だろう。

私があれくらいのころ、こんなふうに苦しんでいる人に声をかけることなんかできただろうか。お水いりますか、なんて。自分のことだけで精いっぱいだった気がする。

彼女が私の年齢になるまでにあと三十年もある。そんな計算をしてしまい、笑うしかなかった。あの子のお母さんだって、もしかしたら私より年下かもしれない。

大きくなっちゃったな、私。

体ばっかりが先に老いて、中身はまったく成長がなくて。

私は深呼吸をひとつして、胸に手をあてた。心臓は落ち着いている。気分もまったく悪くない。本当に、なんだったんだろう。

次の電車が来るまであと三分ほどある。でも今日は、このまま電車に乗るのがためらわれた。またあんなふうに発作が起きたら。

そんな想像をしたら、また急に動悸がしてきて焦《あせ》った。まずい、電車に乗ることを考えるだけでも怖くなっている。

あと一駅。私は腕時計に目をやると、改札を出てタクシーを拾った。お金はかかるけど仕方ない。車ならいつでも止まってくれるし、すぐ外に出られる。そう思ったら、発作も恐怖心も姿を現さないままだった。

ぎりぎり遅刻せずにリリアルに到着し、シャッターを開けたところでオーナーが来た。

「ねえ、優雅にタクシー乗ってこなかった？　私を追い抜いていった気がするんだけど」

私はばつが悪くなって愛想笑《あいそうわら》いを浮かべる。

「すみません。ちょっと、電車で気分が悪くなっちゃって」

「電車で？　どうしたの、大丈夫なの？」

　私は開店準備をしながら、ぽつぽつと事情を説明した。オーナーはまじめな顔で話を聞き終えると、私の腕に手をかけた。

「病院に行きなさい」

　私はちょっと笑って答える。

「行きました。でもなんともないって」

「内科じゃないわ。私が前に通ってたところ、教えるからそこに行きなさい」

　オーナーはハンドバッグの中からカードケースを出した。そして指を走らせるとその中から一枚、私によこす。

　心療内科の診察券だった。病院名の下にはボールペンで彼女の名前が書かれている。

「オーナーが、ここに通ってたんですか？」

　思わずそんなことを訊いてしまった。いつも自由奔放《ほんぽう》で楽しそうなオーナーには、無縁の場所に思えたからだ。

「私もいろいろとしんどいときがあったから。普通のことよ。こんな世の中でまっとうに生きようとしたら、誰だっておかしくなっても不思議じゃないわよ」

　さらりとそう言われて、反省した。好きなように楽しそうにしてるからって、そんなふうに見えるからって、その人が悩んだり苦しんだりしてないなんて思うのはあまりにも想像力に欠ける。ひとりの女性の六十年の人生が、そんなに単純だったわけがない。わかっていたはずなのに、私はやっぱり自分のことしか考えていなかったかもしれない。

　でも、私は今、心療内科に行くような状況なのだろうか。電車で突然息ができなくなるのは……。

「私、心の病気なんでしょうか」

　私がおどおどとオーナーを見ると、彼女はこめかみに指をあてた。

「というか、脳の誤作動だと思う。だから体調が悪いってこと」

「脳？」

「バカなのよ、脳って」

　身内への親愛をこめた悪口みたいに、オーナーは眉をひそめながら笑った。

　オーナーに教えてもらってから心療内科を受診したのは三日後だった。予約を入れようと電話したら二週間先までいっぱいだと言われたのだが、話しているうちに「ちょうど今キャンセルが入ったから」と、空いたところに入れてもらった。とんでもないラッキーだとオーナーは言った。メンタルクリニックは初診予約がすぐ取れないところが多いのだという。本当に、たくさんの人が助けを求めて足を運んでいるのだと実感する。

それでも、受診までの三日間、私は通勤にかなり苦労した。自宅と職場の往復、毎日タクシーに乗れるほど金銭的な余裕はない。早く家を出て、もし発作が起きても一駅ごとに降りられるようにするぐらいしかできなかった。大きな症状は出なかったけれど駅が近づくたびに体がこわばって、なにしろ憂鬱《ゆううつ》だったし疲弊《ひへい》した。

受診の結果、私はパニック障害と診断された。

名前は聞いたことがある。突然、激しい動悸に襲われ、過呼吸や発汗などの身体症状が現れるのだ。しばらくするとなにもなかったかのように落ち着くというのも当てはまっていた。そしてそれを繰り返すと「また発作が起こるのではないか」という不安から、パニックになったのと同じ状況が恐怖になる。オーナーの言うように脳が勘違いして誤った指令を出すのだという。電車の中やエレベーター、映画館などで好発《こうはつ》するらしかった。

薬が三種類出た。朝晩二回の抗不安薬と、発作時の頓服《とんぷく》薬。吐き気と眠気の副作用があるかもしれないと説明があった。

きちんとした診断と治療するための薬が与えられて安堵した反面、とんでもない爆弾を抱《かか》えているような気持ちにもなった。

なんで私が？　なんで今？

焦りと苛立《いらだ》ちが体にまとわりつく。早くなんとかしなくては。

「どれぐらいで治りますか」

私が訊ねると、初老の医師は穏やかに答えた。

「すぐに治るというものでもありませんよ。年単位でゆっくりね」

衝撃だった。年単位？

すぐには治らないのだ。私はこれから、この「障害」と向き合っていかなくてはならないのだ。やっと自分を活かせる仕事にたどりついて、もっといろんなことをがんばろうと思っていたのに。こんなときになって自分でコントロールできない目に見えない病《やまい》を抱えてしまうなんて、なんだか人生に裏切られた気分だった。

うつむいている私に、医師は言った。

「不安なときや発作が起きてしまったときはまず、気を紛《まぎ》らわせるといいです。誰かと話をしたり、ガムを噛《か》んだり、水を飲んだり、音楽を聴いたり」

それを聞いて思い当たる。あの女の子が話しかけてくれたときに早く回復したのは、そのおかげだったのかもしれない。そして、もしかしたら彼女も同じような症状で苦しんだ経験があるのかもしれない。あるいは、今もまさに。

二週間後にまた来てくださいと言われて受付で予約を入れ、病院を後にする。オーナーに電話で受診結果の報告をすると、彼女は回答を用意していたように言った。

「とりあえず、半月休みなさい。有給休暇、たまってるでしょう。ちょっとしたホリデーだと思って」

「半月も？　でもオーナーひとりじゃお店が……」

「こっちはなんとでもなるわ。人によるけど薬の副作用に慣れるまで十日ぐらいかかると思うから。けっこうきついわよ」

　ぴりっとした声だった。

　オーナーは懐《ふところ》が深くて優しいけれど、経営には厳しい人だ。

　発作そのものはもちろん、副作用で具合が悪くて使い物にならない私に店に立たれても、お客様も彼女も困る。きっとそれが本心に違いなかった。

　有給休暇をこんな形で使いたくなかったが、まともに休んで給料が半分になるのはつらい。一月はあと一週間ほど残っている。二月五日頃には復帰するという約束をして、私はちっともウキウキしない「ホリデー」に入った。


　オーナーが言った通り、やっぱり副作用はきつかった。一日中どろりとした眠気に包まれて、テレビを観ながらいつのまにか寝てしまっていたり、体を起こす気にもなれなかった。もどすことはなかったがずっと胸がむかむかしている。食べ物のことが考えられなくて、ロールパンをちぎり、牛乳にひたしてなんとか口に押し込んでしのいだ。

　ずっと家にいるので電車に乗るリスクはなかったけれど、このまま私はだめになってしまうのではないかと思うと気が沈んで涙がだらだら流れた。不安を和《やわ》らげるための薬を飲んで、ぼんやりして何もできなくてもっと不安になって、療養《りょうよう》のための休暇なのに、よけいに悪化していくような気がした。

ベッドの中でうずくまっていると、手足が冷たいのがよくわかった。生きるのはなんて大変なことなんだろう。今まで何度も、そう思ったことはある。日々のあわただしさにごまかされているときは、考えることを無視しているだけだ。これから先、私はもっと面倒くさくて苦しいことに直面するに違いない。どうして私は生きているんだろう、いつまで生きるんだろう。

こんなにしんどいならもういい、いっそぱたんと本を閉じるように終わりになってしまえと思う。それなのに少しでも呼吸が苦しくなってくると私はあわてて頓服薬を飲んだ。矛盾《むじゅん》している。私は生きるのがつらいのに、死ぬのがこんなに怖いのだ。

気を紛らわせるといいって、あの医師は言っていたっけ。誰かと話をしたり。

ベッドに寝そべってスマホの連絡先アプリを開き、スクロールしていく。次々に現れる名前。でもその中に、用もないのに「元気？」なんて電話ができる相手はいなかった。みんな忙しいのだ。気を紛らわせるために雑談につきあってもらうのは申し訳ない。だからといって、現状を話して深刻になられるのも本意ではなかった。

スマホの画面に指をすべらせていくうち、彼の名前に行き当たった。

私は指を止め、数秒、その文字を凝視《ぎょうし》する。

私が体調を崩して寝込むと、彼はいつもリンゴを剝《む》いてくれた。そういうときだけ、食べやすいように薄くスライスしてくれるのだ。私がそれを完食すると、「これでもう治るよ」と言って笑った。

でもそんなことはもう、過去の話だ。いいことばっかり思い出したって、仕方ない。

私はアプリを閉じ、スマホを枕元に置いた。

目をつむると世界が闇になる。私は今ほんとうに、ひとりだった。


五日目に、起きたらふっと楽になっていた。元気はつらつというのではなくて、心が平《たい》らかに落ち着いているのだ。

体が薬に慣れてきたのだろう。言われていたよりも早かった。私は部屋に掃除機をかけ、洗濯機を回した。食欲というほどのものはなかったけれど、パスタなら食べられそうだった。麺をゆで、大根をおろして、缶詰のツナと和《あ》える。その上から青じそのドレッシングをかけた。

それだけのことなのに、妙な達成感があった。この調子なら早く回復するんじゃないかと、明るい気持ちになる。

私は食事を終えるとノートパソコンを開いた。

リリアルのツイッターとインスタをチェックする。「中の人」は私だったが、ここ数日、放置してしまっていた。コメントに返信したり、エゴサーチをして好意的なお客様の投稿をリツイートで拡散したり、画面に向かい合っていると体の芯《しん》がしゃんとしてきた。次にリリアルのホームページを開き、コンテンツをあらためてチェックしていく。

前から気にはなっていた。やっぱりホームページをリニューアルするべきだ。

今のままでは、店の場所と、外観や内観画像が数枚載っているだけで、どんな商品があるのかよくわからない。普段は日々の接客や雑用に追われてそこまで手が回らず、オーナーも「別に困ってない」と言っていたけど、流れていってしまうＳＮＳとは違ってここは「住処《すみか》」だ。ホームページの改良でもっといろんなことができる気がする。まだ踏み切っていない通信販売だって、絶対に需要があるはずだ。

他の雑貨屋のホームページを手あたり次第検索しているうち、画面がかたまった。私は眉をひそめる。ルーターの調子が悪いのか、最近どうもＷｉ－Ｆｉ接続が安定しない。

私は立ち上がり、キッチンでお湯を沸かした。ミントティーの箱を取り出しながら、医師もオーナーも大げさなことを言うけれど、私はもう大丈夫かもしれないと思った。重症になる前に病院に行くことができて、薬がすぐ体になじんで。半月の休暇をもらっていたけど、もっと早めに復帰しよう。

しかしオーナーにラインでそう申し出ると、「却下。時期尚早。油断大敵」という中国語みたいな返事がきた。よかったねと歓迎されると思っていたので、がっかりした。早く仕事に戻りたい。イギリス出張の準備だってしたい。

夜になって、電話がかかってきた。

オーナーからかなと思ってスマホを手に取ると、彼だった。

心臓がぎゅごっと音を立てた。ちょっと今、驚かすのはやめてほしい。せっかく落ち着いたところなのに。私は胸を押さえながら電話に出る。

「……はい」

「あ、俺。どうも」

「はい」

私が短く返していると、彼はワンテンポ置いてから切り出してきた。

「お願いがあるんですが」

また他人行儀だ。他人だけど。でもなんだか、気に入らない。

「どうして敬語なんですか？」

わざとこちらも敬語にすると、彼が電話の向こうでふっと吹いているのがわかった。

「急なんだけど、実は俺、明後日《あさって》から京都に行くことになって。四日間、家を空《あ》けちゃうから、猫、お願いできないかな」

猫を？

想像をはるかに上回る意外な依頼だった。私は即答する。

「だめだよ、私のところペット禁止だもん」

私のところ。口をついて出た言葉が、胸に逆流してくる。

「うん……できれば、うちに来てもらいたいんだけど」

うち。それはつまり彼のところ。

それぞれの「住処」が別々なことをあらためて実感しながら、私はちょっと思案した。

彼が不在なら、あの家で少し過ごすのは悪くない気がした。ここよりも広いし、日当たりも良くて、バスタブも手足が伸ばせる。そして何より、Ｗｉ－Ｆｉの状態がいつも快適だった。店に復帰する前に、ホームページの見直しや、イギリス雑貨についての資料集めをするうってつけの環境かもしれない。

猫を「お願い」されるのは初めてだけど、私に対して興味も好意もなさそうだったから、猫は猫で勝手にしているだろう。

「…………いいけど」

「よかった、ありがとう。他にお願いできる人いなくて」

その言葉を裏読みしないように、お互いにおかしな意味を持たせないように、私は淡々と言った。

「まあ、元住人だもんね。ちょうどいいよね」

彼はそれには触れず、京都には一月三十一日から行って二月三日の夕方に帰ってくると事務的に説明した。三十一日の昼頃に出るので、朝来てほしいという。

「出勤前に来てもらうのが大変だったら、三十日の晩からでも。それか、俺がリリアルに合鍵を持っていこうか?」

　彼の提案を受けて私はスマホを持ち直し、なるべく平淡に答えた。

「ちょうど今、長めの有給とってるの。働きすぎちゃって、休んでくれってオーナーが」

　あながち嘘でもない。我ながらうまく回避している。

　パニック障害になったことは、言いたくなかった。かわいそうだと思われたくなかった。気を引こうとしているみたいで、いやだった。

　三十一日の朝十時にと約束し、私は電話を切る。

　手帳を開き、スケジュールページの一月三十一日から二月三日までつなげるように線を引いた。項目をなんと書けばいいか迷って「猫」とする。

　二月二日。私はそこに記された星のマークに、そっと指をあてた。

　一月三十一日の朝、小ぶりのスーツケースを持って電車に乗った。

　ドアから入ってすぐの長椅子の端が空いていた。スーツケースを脇に置き、片手で押さえるようにしながら腰を下ろす。ショルダーバッグを膝の上に載せ、ちょっとした小旅行だなと思った。なにしろ、あの部屋にはもう私の歯ブラシひとつないのだ。

　別れたとき、洋服も本もひとつ残らず持ち去った。そして彼からもらったものは、全部捨てた。バッグもアクセサリーも小物も腕時計も、ほんとうに、全部。

　次の停車駅で、人が乗ってくる。私の前に大柄な男性が立った。その隣には背の高い女性。私の横には学生風の男の子が座っている。逃げられない。

　あれっ、と私は困惑する。逃げられない？　どうしてそんなふうに思った？

　みぞおちから妙な焦燥感《しょうそうかん》がせりあがってきて、心臓が早打ちし始める。いやだ、どうして。もう大丈夫なはずなのに。今朝《けさ》だってちゃんと抗不安薬は飲んできた。

　私は急いでショルダーバッグからポーチを取り出す。早く頓服薬を飲まなくては。でも水がない。用意しておくべきだった。口の中の唾液で薬を無理やり飲みこむ。楕円《だえん》型の白い粒は、水分が足りず喉にひっかかった。とんとんと胸を叩《たた》いていると電車が揺れた。その拍子にスーツケースのキャスターが動いてしまい、私はあたふたと手を伸ばす。

　逃げられない。人の壁に囲まれてもう一度思う。全身をフルスピードで走る脈に我を持っていかれないように、私は目を閉じて言い聞かせる。

　大丈夫、薬を飲んだから。効《き》いてくるから。気を紛らわすために、私は必死にどうでもいいことを考えようとする。なにか。なにか。目を開けてあたりを見回すと、エステのつり広告に猫の写真があった。そうだ、猫。私は今日から四日間、あのプライドの高そうな白猫と暮らすのだ。そういえば名前を聞いていない。性別も。

　数分して電車が止まり、私の向かいの席が空いた。目の前にいた大柄な男性が振り返り、そこに移動していく。薬は少しずつ、喉から体内に落ちていったようだ。

　視界が広くなると呼吸が楽になってきて、動悸もしだいにおさまった。私は広告の猫を見上げる。ありがとう、助かった。

　時期尚早、油断大敵。オーナーのラインを思い出し、額の汗を手の甲でぬぐった。


　猫は雌《めす》で、名前は特につけていないと言った。「俺が名前をつけるのはおこがましい」というわけのわからない理由だった。獣医によると、推定年齢九歳というところらしい。

　猫のごはん（彼は、エサではなくそういう言い方をした）の種類と間隔、トイレの掃除方法、注意事項数点を説明し、それらが詳細に書かれた紙を差し出される。その間、猫はソファの上で自分とは無関係という顔でくつろいでいた。

「あ、それと」

　彼は私を寝室に招き、クローゼットを開けた。小型の衣装ケースの中におもちゃがいくつか入っている。

「最近のお気に入りがこれ。ここにしまっておくから、遊ぶぞ！ってときに出して」

細いスティックに垂らされた糸の先に、青い羽根が三枚ついていた。猫じゃらしだ。

「コツがあるんだ。ひらひらって見せたあとに、こう、ちょんちょんっと……」

彼は羽根を床に軽く打ちつけた。鳥が地面を歩いているみたいに。

「そして、引き上げる！」

ふぁさっと羽根が舞うように上がっていく。なるほど、鳥が飛び立つ姿か。彼はケースの中にそれをしまい、秘密兵器を隠すみたいにニヤリと笑った。

「わかった？」

「わかった、覚えておく」

遊ぶぞ！ってときがあるかはわからないけど。

リビングに戻ると、猫はソファではなく床の猫用クッションの上で丸まっていた。この状況をどこまでわかっているのだろう。つまり大好きな彼が数日不在になり、代わりに見知らぬ女がここで寝泊まりすることを。

「じゃあ、行ってくるね」

彼は猫の頭をわしわしと撫でる。猫は目を閉じたまま動かない。

「このお姉さん、意外と優しい人だからね」

猫から手を離すと私を指さしてそう言い、彼はリビングを出た。意外と、ってなんだ。

ドア口から「よろしくー」と声がした。玄関まで見送るべきかと思ったけど、とどまった。そんな新婚夫婦みたいなことをしたら、何かが間違ってしまう気がする。彼は猫のシッターとして私を招き入れただけで、私は仕事場としてここを「借りる」だけだ。愛想なく「はーい」とだけ返事をしてソファに座る。

そしてドアが閉まる瞬間に、「いってらっしゃい」と言った。彼に聞こえたかどうかは、わからないし、どっちでもいい。

テーブルが広い。

さんざん使ったダイニングテーブルなのに、私はそのことに少し感動していた。

今住んでいるワンルームには、ベッドの脇に折り畳《たた》み式のローテーブルしか置いていない。食事も書き物も、だいたいそこで済ませている。床に直座《じかずわ》りするよりも、こうして椅子に腰かけるほうが体にスイッチが入りやすかった。

ノートパソコンを開き、資料や本を広げ、私はだいぶ仕事に集中した。ホームページ作成の業者を検索したり、自分でどこまでできるか考えてみたり、通販サイトの開設方法を調べたり……。

オーナーにわかりやすく説明できるように、企画書を作ろう。ワードアプリを開いて文章を打ち始めたところで、ふと時計を見る。

猫のごはんの時間だ。一日二回。朝のぶんはもうあげていると言っていた。

猫は床の上で毛づくろいをしていた。それにしても、猫がこんなによく眠る生き物だとは知らなかった。日中はだいたい寝ていて、たまに目を覚ますとしょっちゅう体をべろべろ舐《な》めている。

夕方になって猫は部屋をうろうろし始めたが、彼がいなくてさびしそうとか、私の存在を疎《うと》んでいるというふうではない。でも私が近づいていくと、ぴくっと身構えるような姿勢を取った。いい気分はしない。私はこれから猫のごはんの準備をしようとしてるのに、そんなに警戒しなくたって。

「何が怖いの。ただ私のこと知らないってだけでしょう」

おもしろくなくて、思わずそんな言葉が口をつく。私が猫から離れると、彼女はしらっとした顔で毛づくろいを再開した。

だけどわからなくもない。知らないっていうのは、怖いことなんだ。

私は猫の皿にキャットフードを開けながらそう思った。知ってさえいれば怖くないってことは、たくさんある。

「夜ごはんだよ」

私は説明を受けた場所に皿を置く。ソファの横のちょっとしたスペースが彼女の「食卓」らしかった。

猫は私が去るのをじゅうぶんに待ってから皿のほうに走っていき、かりかりと音を立てて食事をした。

私も何か、食べなくては。昼ごはんはなんとなく食べそびれてしまった。キッチンに向かい、冷蔵庫を開ける。彼は好きなように食材を使っていいと言ってくれたが、やはりそれは気が引けた。

見たことのないドレッシング、半分空いているジャムの瓶。もうこの冷蔵庫は彼だけのものだった。

扉を閉め、先に風呂に入ることにした。今日の夕飯は、あとで出前でも取ろう。

洗面台も風呂場も、身を置くとなんとなく「足りない」感じがした。それは私がずっと使っていた「もう半分」がないからだ。彼の歯磨き粉、彼のシャンプー、彼の髭《ひげ》剃《そ》り。全部、ひとりぶん。

女の人が出入りしている気配はなかった。消したのかもしれないけど、彼がそんな気の利《き》くことをするとも思えなかったし、その必要もない。だいたい、そういう人がいれば私になんか猫を頼まないだろうし。

ああ、でも、京都に恋人がいるってことも考えられるのか。

浴槽に湯をためる。ジャバッと透明なしぶきがあがり、私はそれをぼんやりと眺《なが》めた。

なんで別れたんだっけな。

それまでだって、私が「もう無理！」なんて叫んだことは何度もあった。そのたびに、なんだかんだでまた冗談を言って笑い合うような日常に戻っていたのに、あのときだけは違った。

彼といても、もう心が動かないと思ったのだ。新しい展開なんて望めないと思ったのだ。

お互いに、自分がたどりつくべき道をずっと模索《もさく》していた気がする。でもなかなか着地ができなくて、そのうち自分たちでもわけがわからなくなって、探しているのは何なのかを探しているみたいな、悶々《もんもん》とした気持ちが続いていた。

どうして彼と暮らしているんだろう。その疑問について考えたとき、私はきっと、ただ単にひとりになるのがイヤなだけなんだという結論しか出なかった。惰性《だせい》で関係を続けていくのは不毛《ふもう》な気がした。リリアルでの仕事が軌道に乗り始めて、それでちょっといい気になっていたところもある。小さな諍《いさか》いから勢いで私はこう言っていた。

「こんなに長く一緒にいたって、何も進まないじゃない。これからの人生は、私ひとりでちゃんとやってみたい」

彼は私を引き留《と》めなかった。

ちょっと笑って、あっさりとうなずいた。

そうしたいなら、仕方ないよって。応援するよって。

それを聞いた瞬間、思いがけない喪失感《そうしつかん》を覚えた。正直に言えばものすごく動揺した。

引き留めてもらえるなんて思っていたのかもしれない。だけどそんなことは私の甘ったるいわがままだ。彼の中でも、もう終わっていたのだろう。

そこからは早かった。私はろくに吟味もせずワンルームのアパートを契約し、この家を飛び出した。

彼とはずいぶん昔に会ったきりの、私の親からはぶちぶちと言われた。

「蒼さんがいるならそれもいいかと思って黙認《もくにん》してたけど。茜、あんた、五十にもなって今さらひとりでどうするの」

どうもしない。私は私でいるだけだ。五十だからこそ、身軽になって自分の人生をちゃんと歩こうと思ったのだ。

……それなのに。

勢いよく湯の出る音が、じゃぼじゃぼとバスルームにこだましていた。

翌日、二月一日。

猫の朝ごはんの用意をし、ソファ脇の床に皿を置くと彼女はとことことやってきた。

私がまだそこにしゃがんでいるのに、皿に顔をつっこんでいる。「ごはんをくれる人」としての信頼は得られたのかもしれない。

近所のスーパーに行って軽く買い物をした。往路もスーパーも、同じようでいて少しずつ変化があった。たった一年のうちに、新しい建物ができたり、店内のレイアウトが入れ替わったりしている。時が過ぎたんだなと、妙な感慨《かんがい》があった。

マンションに戻ってドアを開けたら、玄関に猫がいてびっくりした。私のことを見上げている。

物音で彼と間違えたのだろうか。一応「ただいま」と言ってみたが、黙ってそのままそこでぺろぺろと前足を舐め始めた。何を考えているのかわからない。

ちょっと有機質《ゆうきしつ》な匂《にお》いがして、そういえばトイレを掃除するんだったと思い出す。買ってきた食材を先に整理し、彼が置いていった説明書をあらためて読み返した。

誰かのために動くなんて、久しぶりだった。接客ではもちろん心を尽くしているつもりだけど、それとはまた違う部分がはたらいている。ちっとも苦痛ではなく……それどころか、スコップを猫砂《ねこすな》に差しながらどこか満たされているのを感じていた。一銭ももらえず、猫にありがとうと言ってもらえるわけでもないのに、そういうことをまったく求める気にならなかった。

獣医によると推定九歳って言ってたっけ。掃除を終えて手を洗ったあと、スマホで軽く検索してみる。

猫　九歳　人間年齢

「五十二歳？」

表示された数字を見て、私は声に出して笑った。なんだ、私とほぼ同じ年。

猫のほうを見ると、いつのまにか彼女はクッションの上ですうすうと眠っていた。

私はその平和な光景にほっとさせられた。自分とは関係なくても、安心を見て安心をもらうということもあるのだ。少なくとも彼女にとって私は敵ではないと承認されているらしい。

私はキッチンで目玉焼きを作り、トースターで食パンを焼いた。ブロッコリーを茹《ゆ》でてプチトマトを添える。昼前のワイドショーを見ながら、ホットミルクティと一緒にそれらをゆっくりと食べた。

ＣＭのアップテンポな音楽がかかると、猫はぱっと目を開いて頭を上げた。テレビ画面をじいっと見ている。好きな歌なのだろうか。そして音もたてずにリビングを歩き出し、椅子に座っている私のふくらはぎに自分の脇腹をずずっとこすりつけた。

「え、なに？」

急にそんなことをされて面食《めんく》らい、私はためらいがちに猫の背中をそっとさする。

耳の裏の傷痕が見えた。もうすっかり刻印されて彼女の一部になっている。

何があったの？　痛かった？　怖かった？

この年まで生きてたら、そりゃいろいろあるよね。

体を撫でていると、猫は私の足にまとわりつきながら、ゆら、ゆらとゆっくり尻尾《しっぽ》を振った。そして前触れもなく、突然ふいっと体を離して行ってしまった。まったく、なんて気まぐれな。

私は食器を重ねてキッチンに持って行き、食後の抗不安薬を飲んだ。私はいつまでこの薬を飲むのだろう。どうなったら治ったと診断されるのだろう。傷や腫瘍《しゅよう》と違って見えないし、何かの数値が出るものでもない。

にゃあ、と家のどこかで声がした。あまり鳴かない猫なので、ここに来て初めて聞いた。あんな声だったのかと思っていると、再び、にゃあと言う。

「もしかして、呼んでる？」

そう言いながら声のほうへ向かうと、彼女は寝室にいた。クローゼットの前に座り込み、私のことを見つめている。あきらかに、何かをアピールしていた。

ひょっとして。

私はクローゼットを開けた。猫は衣装ケースを見上げている。やっぱり。ここに大好きなおもちゃが入っているとわかっているのだ。

ケースの蓋《ふた》を開け、青い羽根の猫じゃらしを取り出すと、彼女はそわそわと旋回《せんかい》しはじめた。そこで私は、ようやく自分の勘違いに気づく。

彼の言っていた「遊ぶぞ！」っていうのは、猫が、だったのだ。私じゃなくて。

ここではすべて猫の自由意志が一番に尊重されている。彼女は眠りたくて眠り、食べたくて食べ、遊びたくて遊ぶ。

私は彼のレクチャー通り、羽根を床で歩かせ、猫が前足でそれをとらえようとした瞬間にぱっと舞い上がらせた。激しく反応して飛びついてくる猫の目が、大きく見開かれている。あんなにすました顔をしていた猫の中にも、熱い狩猟本能が備わっているのだ。私は青い鳥を追いかける猫をじらしながら、上へ下へ右へ左へと、魔法使いみたいにスティックを操《あやつ》った。

そんなに簡単にはつかまらないのよ。たやすくあなたのものにはならないのよ。

しかし猫のファイトが恐るべしなのか、私の体力がなさすぎるのか、私は途中で疲れてしまい、猫じゃらしを彼女に譲り渡した。落ちこぼれな魔法使いだ。

猫はしばらく羽根を前足で挟んだり嚙みついたりしていたが、ほどなくして飽きてしまったようで、床に猫じゃらしを打ち捨てたまま毛づくろいを始めた。そしてそれも気が済むとクッションまでゆっくり歩いていき、あっというまに眠りについた。

せっかく青い鳥が手に入ったのに。

夕方前に、企画書が出来上がった。

プリンターを借りてもいいだろうか。機種を替えていなければ、ＵＳＢメモリからダイレクトに印刷ができたはずだ。

私は彼が仕事部屋として使っている、寝室とは別の洋間をのぞいた。

彼がフリーでデザイナーの仕事を受けてくるようになるまでは、ここはなんとなくふたりで使っていた。私がデスクで事務作業や勉強をすることもあったし、本棚はざっくりと共用していた。

それがなし崩し的に彼専用の部屋みたいになって、私は居場所をリビングやキッチンに追いやられたような気分になっていたのも確かだ。

プリンターは前と同じだった。電源を入れてUSBメモリを差し込み、企画書を七枚、印刷する。打ち出された文面を確認し、何気なく本棚を見た。

別れることになって私が自分の本を全部段ボールに詰めたとき、本棚の半分以上が空いたはずだった。そこには今、本がぎゅうぎゅうに押し込まれている。

デザインソフトの解説書。画集。写真集。料理本。インテリア雑誌。ペーパーバック。小説。漫画。図鑑。絵本。辞書。カラーチャート……。

あらゆるジャンルの、それぞれ彼らしさの匂い立つ本がぎっしりと身を寄せ合っていた。棚に隙間《すきま》を作らないように、めいっぱい埋めたのではないかと思うぐらいだ。

ふと、一段を使って並べてある漫画本が目に留まる。ずっと前から彼が好んで集めていたシリーズだ。

『仲見世《なかみせ》オン・ザ・ロック』。作者は、タカシマ剣《つるぎ》。

タカシマ剣は去年、八《や》塚《つか》勉《つと》夢《む》文化賞で漫画大賞を受賞した。漫画の神様と言われた巨《きょ》匠《しょう》の名を冠したその賞は、その年に最も人々に愛された作品に与えられる。『仲見世オン・ザ・ロック』はもともと彼の代表作と言われていたが、一昨年《おととし》映画になって大ヒットしたのをきっかけに火がつき、読者を大幅に増やした。何年も前からある作品がこの賞を獲るのは初めてで、今もまだ連載は続いているらしい。

私はプリンターの上に企画書を置き、一巻を手に取った。

中を開いたとたん、紙がはらりと落ちる。なんだろう。

拾い上げてみると、四つ折りに畳んだ雑誌のグラビアページだった。

開いてみてなつかしさがこみ上げる。ああ、これなら私も読んだ。ずいぶん前に廃刊になった『ＤＡＰ』という男性向けビジネス誌での対談記事だ。彼がいいページだと言って喜んでいたのを覚えている。こんなところに挟んでいたなんて知らなかった。

薄暗いカフェで撮られたカラー写真。丸テーブルで、斜めに向かい合うようにして座るタカシマ剣と弟子《でし》の砂川凌《すながわりょう》。ふたりの間の壁には、肖像画が飾られている。

赤い服を着た、長い髪の女の子。赤と青の絵の具だけを使ったその水彩画は、瀟洒《しょうしゃ》な額縁《がくぶち》におさまっていた。

写真の下に、キャプションが入っている。

――ジャック・ジャクソン作『エスキース』の前で。

ジャック・ジャクソンは親日家のオーストラリア人だ。母国だけでなく日本で何度も個展を開いている。

ＤＡＰの記事が掲載されたときはまだ知る人ぞ知るという感じだったけど、今はテレビや雑誌でもたまに見かける人気画家だ。この間、彼は五十歳になったとインタビューで答えていた。ＤＡＰの記事の下にある発行年はちょうど十年前だ。つまりこの頃から、もう十年が経ったのだ。

私は赤い服の女の子を見つめる。胸元には青い鳥のブローチ。せつなそうな、でもどこか甘く潤《うる》んだ瞳。

私はその紙を四つ折りに畳み、漫画本に挟み直した。

絵って、すごい。肖像画の女の子は変わらず女の子のままだ。永遠に、ずっと。


二月二日。

朝がきた。私はカーテンを開け、外の景色を眺める。

すっきりと、きれいに晴れた空だった。

猫に朝ごはんをあげ、自分もトーストにハムをのせて食事と服薬を済ませる。赤いニットに袖《そで》を通し、少し化粧をして家を出た。

ショルダーバッグには、ペットボトルの水を入れていた。ハンカチや手帳、財布の他に、頓服薬、ガム、ＭＰ３プレイヤー、文庫本。そしてファイルに入れた企画書。
オーナーには特に何も言わず、リリアルに行ってみることにした。

　電車には、乗れた。次の停車までの時間が長くなる急行を見送り、各駅を使ったのがよかったのかもしれない。音楽を聴きながら、歌詞を頭の中でたどった。いざとなったら頓服薬を飲むための水もある。用意があるという安心をお守りみたいにして、リリアルの最寄り駅まで無事に乗車することに成功した。「乗り切る」という言葉が、こんなにぴったりくるとは。ホームを歩きながら、少しだけ笑った。

　リリアルに着きドアを開けると、知らない女の人がレジカウンターの中にいた。

「いらっしゃいませ」

　優しげな笑みを向けられて、戸惑う。三十歳ぐらいだろうか。ふわっとパーマをかけた茶色の髪やチェックのブラウスがかわいらしい。たたずまいがこの店にしっくりとなじんでいた。

　心臓をざわりとこすられたような感触に、私は思わず立ち止まる。

　そこにちょうど、事務室からオーナーが現れた。

　ほっとして会釈すると、彼女は「あら！」と小さく叫んでこちらに歩いてきた。

「突然すみません。少し、お話できたらなと思って」

　私が言うとオーナーは軽くうなずく。

　そしてもう一度事務室に戻ってハンドバッグを持つと、カウンターにいる女性に私のことを紹介してくれた。彼女は私のことを聞いていたようで「ああ」と首を傾《かたむ》けた。

　オーナーは彼女の肩をぽんと叩きながら言った。

「この子ね、私の姪《めい》っ子。結婚して仕事辞めて、家で退屈してるっていうから、手伝いに来てもらってるの」

　つまり私の代わりにだ。ここは礼を言わなくては。

「すみません。ありがとうございます」

「いいえ、私も楽しくて」

　それ以上の会話を阻止するかのように、オーナーが私の背中を押す。そして姪っ子さんに向かって「ちょっとお茶飲んでくるから」と言った。


　リリアルからすぐ近くのカフェで、オーナーと向かい合った。

　コーヒーがまだ運ばれてもこないうちに、ファイルを取り出す。店のホームページのリニューアルと、通信販売の提案。企画書をオーナーに見せながら、私はどんどん説明していった。

　オーナーは「うん、うん」と小さく相槌《あいづち》を打ち続け、途中でコーヒーが運ばれてくると静かに二口ほど飲んだ。そして私が話している間ずっと表情を変えず、決して質問を挟んできたりもしなかった。

リアクションが薄い。私は必死になってプレゼンをする。

さっきの姪っ子さんの顔が浮かぶ。リリアルには、あんな子がふさわしい。オーナーにしたって、こんなやっかいな病持ちの私よりも、幸福に退屈している健康な身内のほうがやりやすいに決まっている。

もしかして、クビになるかもしれない。こうやって外に連れ出されたのは、そういうことかもしれない。

私が説明を終えてようやくカップに手を伸ばすと、彼女はあらためて企画書を一読し、顔を上げた。

「よくできた企画書ね。相当、調べたんでしょう?」

「……はい!」

よかった、褒《ほ》めてもらえた。全身の力が抜けて、ほーっと息をつく。

オーナーはゆっくりと言った。

「あのね、実は私、考えていたことがあるの。この企画書を見て、やっぱりそうするのがいいって確信した」

彼女はコーヒーをすすり、あらためて私のほうを向く。

「有給休暇が終わっても、出勤しなくていいわ」

「………え？」

「しばらくきっちりと休職しなさい。ちょっとぐらいの休暇を与えたって、あなたはこうやって仕事してしまうでしょう？」

それは………事実上の解雇ということ？　頭が真っ白になった。オーナーは私から辞職するように仕向けているのだろうか。

いやだ、そんなの絶対にいや。私は首を横に振りながら、身を乗り出す。

「お店に戻らせてください。大丈夫です、薬を飲んで対策を考えて……私、やれます」

「気持ちばっかり走っても、体は追いつかないものよ。こじらせないほうがいいわ」

「だって、じゃあ、イギリスの買い付けには」

「電車に乗るのもやっとなのに、飛行機なんて途中で降りられないのよ？」

声を強めたオーナーの目が、鋭く私を射る。

無理もない話だった。個人経営のリリアルで、あてにならない従業員を雇う余裕はない。私は、このまま切り捨てられるのだ。

下唇を噛み、私はふるえる拳を握りしめる。

こんなにがんばってるのに。何がいけなかったんだろう。どうしてこうなってしまったんだろう。

「今、私から言える大事なことは」

オーナーはそう言い、私の手の上に自分の手を乗せた。

「生き延びなさい」


私はハッと顔を上げる。

オーナーが包み込むようにほほえんでいる。

「とにかく、生き延びなさい。それだけでいい。そうすれば、いずれイギリスでもフランスでも、どこでも行ける。たくさんのことができる。リリアルと関係あってもなくてもね。でもそれは今じゃない。時期がくればいろんなことが変わっていくわ。いつまでも同じ状況なんて何ひとつないのよ、あなたも私も世の中も」

そして彼女は、私の手を握るように力を込めた。

「待ってるから。あなたのバイヤーとしての能力を、私は買いたいの。だから体調が回復して医師から許可が下りたら、また私と一緒に仕事してちょうだい。そのときそのときの、一番いい形で」

ああ、と息が漏《も》れる。

私は……私は、捨てられるんじゃない。こんなにも信頼してもらえているのだ。

これまで通りのことをするのが難しいとき、無理に押し進めようとしたらいろんなことが壊れてしまうかもしれない。

　これからもずっと続けるために、今は止まる。オーナーの経営者としての配慮を、人としての思いやりを、ありがたく受け取ろうと思った。

　オーナーは軽く頬杖《ほおづえ》をついて、遠くを見やるように言った。

「よく、人生は一度しかないから思いっきり生きよう、って言うじゃない。私はあれ、なかなか怖いことだと思うのよね。一度しかないって考えたら、思いっきりなんてやれないわよ」

　意外に思って、私は目を見開く。

「私、オーナーって、思いっきり生きてる人だと思ってました」

　するとオーナーは、少女みたいに楽しそうに笑った。

「もちろん思いっきり生きてるわよ。でも私はね、人生は何度でもあるって、そう思うの。どこからでも、どんなふうにでも、新しく始めることができるって。そっちの考え方のほうが好き」

　私は納得する。それなら彼女らしい。とても。

　オーナーは自分を抱くようなしぐさで両腕をつかむ。

「ただ、人生は何度でもあるけど、それを経験できるこの体はひとつしかないのよね。だから、なるべく長持ちさせなきゃ」

私はふと、打ち明けたくなった。誰にも言うことなどないと思っていたけれど。

「オーナー、私」

「ん？」

「上がったみたいです」

二月二日。

去年、最後に来た生理の日だ。最終月経から一年間なかったら。それが閉経《へいけい》の証《あかし》。

少しずつ間隔が開き始めて、タイミングがよめなくなってきたのは感じていた。三月、四月、五月……。待ってもこなかった。それで私は、スケジュールページの二月二日に星のマークをつけた。それが今日だ。

確定だった。私はもう体の中心から自然にこぼれ落ちる赤い血を見ることはない。

オーナーは私の言葉をすぐに理解し、力強くガッツポーズを作った。

「よくがんばりました」

思わず、笑ってしまう。

よくがんばりました。恐れや嘆きの感情は、安らぎに変わっていた。

二月二日までのカウントダウン。私は、何かが終わってしまうのだと思っていた。でも違う。これからも、この身ひとつでいろんなことがずっと続いていくのだ。

本当に、長い間よくがんばった。私も、体も。

私は自分のおなかにそっと手をあてる。これから一緒にどんなことをしようか。何度目かに訪れる、新しい人生で。

「あら、猫の毛？」

オーナーが私の腕を見て言った。びっくりして彼女の視線をたどると、赤いニットに白い毛がついている。さすが、怖いぐらいにめざとい。

「飼い始めたの？　アパート、ペットＯＫなんだっけ？」

「いや、これは、あの……」

あわてて毛を取り除いている私に、オーナーは不敵の笑みを浮かべた。

「大切になさいね。共にいてくれる、あたたかな生き物の存在を」

オーナーと別れ、駅まで向かった。

横断歩道の前で、青信号が点滅し始める。

走ろうとして、やめた。

点《つ》いては消える青い光を、ただ見つめる。思えば私はいつもいつも、走っていた。ここで急いで渡ったところでたいした違いはないのに。

待っている時間が無駄に思えて、止まっていたくなくて。

横断歩道だけじゃない。私はいつも急いでいた気がする。

早く、早く早く早く。

私はいったい、何を焦っていたのだろう。いつのまにかしみついていた強迫《きょうはく》観念のようなものだったのかもしれない。

勘違いしている「脳」を安心させるにはまだ少し時間がかかるみたいだけど、せめてこれからは……。

立ち止まって誰かに水を差し出せるような、そんな自分でありたい。

信号が赤に変わる。

私はその美しい色と向かい合って深呼吸をした。大きく、ゆっくりと。


二月三日。

昼ごはんを食べたあと、ソファで本を読んでいたら眠くなってしまった。猫もクッションの上で寝ている。私も横になり、うとうとしかけたところで玄関のドアが開く音がした。

彼が帰ってきたのだ。予定では夕方だったのに、早めに着いたらしい。

体を半分起こしたら猫が玄関に走っていった。出鼻をくじかれて、私はまた横たわる。

ただいまー、おりこうにしてたかー。よしよし。会いたかったよ。

玄関から彼の嬉しそうな声が聞こえる。猫を撫でまくっているのだと、たやすく想像できた。

私は「おかえりなさい」を言うのが気恥ずかしくなり、寝たふりを決め込んだ。彼はリビングにやってきて、「あ」と言った。目を閉じていても、彼がソファのほうに歩いてきたのがわかる。

そっと、前髪に触れられた。

動かずにいたら、そのまま頭を撫でられた。猫にするみたいに。

そして彼はすぐに手を離し、足元にあったブランケットを私にかけるとリビングを出た。よかった、いつまでもそこにいないでくれて。

我慢の限界だった。私は泣いた。ぽろぽろ、ぽろぽろと。

そしてそのまま、本当に眠ってしまった。すっかり安心した気持ちになって。

夕方目を覚ますと、彼がローテーブルの前でテレビを観ていた。

眠っている私に気遣って照明を落とし、イヤホンでニュース番組を聴いている。私は起き上がり、リビングの照明スイッチを押した。

彼はぱっと私のほうを見て、イヤホンを外《はず》す。そして「お土産《みやげ》」と言って、生《なま》八《や》つ橋《はし》の箱を掲げた。

「ありがとう、おかえり」

私はどさくさ紛れに、ささっとそう言った。

ローテーブルの上には他に、菓子袋と赤い鬼のお面があった。私の視線に気づいた彼が、訊いてもいないのに説明してくる。

「スーパーで豆買ったら、ついてきた」

そういえば、今日は節分《せつぶん》だ。彼は菓子袋を開けた。中には、数粒ずつ豆の入った個包装がたくさんパックされていた。小袋ごと投げて、あとから中身を食べるのだ。

小袋に印字された「立春大吉」。乾いた豆が、春の訪れを知らせる。

「みんなで盛大に豆まきやりたかったけど、床にそのまま豆を撒《ま》くと猫が食べちゃうかなと思ってこれにした。調べたら、節分の豆は猫にはあんまりよくないみたいだから」

「みんなって、誰？」

「もちろん、この三人」

彼は鬼のお面を右手に持ち、左手で私と猫と自分をぐるっと指さした。

ボール紙でできたお面は、両サイドに穴が開いていて、輪ゴムを通すようになっていた。耳にかけるわっかを作るのだ。

私は立ち上がり、キッチンの壁のフックにかけてあった輪ゴムをふたつ渡す。彼は器用に穴に輪ゴムを通し、お面を完成させた。

「はい」

「え」

彼がにっこりと私にお面を差し出してくる。

「なんで私が鬼をやるのよ？」

そう言いながら私がお面についた輪ゴムを耳にかけると、彼は「乗り気じゃん」と言って吹き出した。

目の部分に丸くくりぬかれた小さな穴は、視界が狭い。赤鬼になった私を見ている彼の姿だけが、望遠鏡をのぞいているみたいに映った。

「似合う」

真剣に言われた。頭にきてお面を外し、彼に突き返す。

彼は笑ってお面を手に取りながら言った。

「青い鬼もあったんだよな。でもなんか、青鬼って怖くない印象があって」

「そうなの？」

「うん。『泣いた赤鬼』のイメージかも」

日本の童話だ。村人と仲良くなりたい赤鬼のために、青鬼はわざと悪者になって、最後は赤鬼から突然去っていくのだ。さよならの貼り紙を一枚残して。

「………私はあの話、好きじゃない」

自己犠牲や献身《けんしん》、友情があの物語のテーマなのかもしれない。美談として捉《とら》えるのが、きっと正解なんだろう。

　でも私は、あの青鬼がずるいとしか思えなかった。いきなりあんなふうにいなくなっちゃうなんて。

「青鬼が赤鬼に残した貼り紙って、君のことを想って自分は身を引くみたいな内容だったじゃない？　でも私が赤鬼だったら、きっと嘘だ、私のことなんて嫌いなんだって思っちゃう。本当はひとりになりたかったんじゃないの？　前からその機を狙っていたんじゃないのって」

　もちろん赤鬼だって愚《おろ》かだ。青鬼に甘えて、なんでも許されるとか、青鬼は自分から離れていったりしないってのんきに構えていたのが悪い。

　彼はお面を持ったまま、首をかしげた。

「そうかな。俺は、青鬼の言葉どおりに受け取ればいいと思うけど。赤鬼のこと、本当に好きだったんだと思うよ。だから自分と離れて自由になってほしいと思ったんだ。赤鬼にとってそのほうが幸せなら」

　変な間ができた。

　猫はのんびりと自分の体を舐めている。なんだか、その沈黙に耐えられなくなった。

「わかってない。いきなりいなくなるなんて、卑怯《ひきょう》よ」

私は豆の袋をひとつ、彼に投げた。

「いなくなったのは、そっちじゃないか」

彼も私に投げ返してくる。

「俺はどこにもいかないよ。ここにいる」

私を見つめる彼の瞳が、怖いくらいにまっすぐだった。

私は顔をそらす。

「『泣いた赤鬼』の、青鬼の話をしているのよ」

彼はそれには答えず、少しの間黙っていたが、何を思ったのかハンガーにお面をくくりつけ、壁にかけた。

コミカルな鬼のお面は、ばかにしたようにこちらを見て笑っている。

「なんかむかつく」

私は豆の小袋を赤鬼にぶつけた。

彼も私の隣で、それに倣《なら》う。

小袋を全部使ってしまうと、床に落ちたものを拾ってはまた投げた。何度も何度も。

鬼は外。鬼は外。

出ていけ。出ていけ、出ていけ。

私の中の鬼。弱くて、いじけてばかりで、疑り深くて、虚勢ばっかり張っている鬼。

猫が興奮して豆の小袋に飛び掛かっていく。

私たちはみんなで、盛大な豆まきをした。汗が出るくらいに。

しばらくすると彼は床に座り込み、笑い出した。

「なんかスッキリしたなぁ。けっこう効果あるな、これ」

ほんとに、スッキリした。

猫が床に落ちた小袋と戯《たわむ》れている。私はキッチンに行き、ふたり分の緑茶を入れた。お盆に載せて持って行くと、彼はローテーブルで生八つ橋の箱を開けている。

お茶を飲みながら、彼が豆の小袋をひとつ開けた。

「年の数プラス一だっけ。もうそんなに食うの大変だよなあ。年とればとるほど、こんなの一度にたくさんは食べられないのにね」

彼と私は、同じ年だ。五十一プラス一。五十二個の豆。

「お茶に豆を入れて飲むだけでもいいみたいよ。福茶っていうんだって」

私が言うと、彼は「へえ！」と興味深そうに笑った。

彼の頬を至近距離で見て、ふと思った。

「そういえば、前は髭の剃り跡が青々しちゃうの気にしてたのに、今はそうでもないね」

頬に手をあて、彼は答える。

「人にもよるけど、三十代、四十代の頃って髭が濃くなるからな。五十代に入って、毛が薄くなってきたり白髪《しらが》混じったりしてくるから、あんまり気にならなくなってきた」

もう来ない赤い生理。

もう青くならない髭の剃り跡。

私たちはこんなふうに、色を失っていくんだろうか。薄茶色の煎《い》り豆を見ながら、ぼんやりと思う。

彼はぽりぽりと豆を食べ、からりと言った。

「うまい。この豆、けっこう好き。色も上品できれいだし」

え、と私は顔を上げる。

「きれい？」

「うん？　きれいじゃん。控え目で出しゃばらずに、しっかり自分を持ってるような色」

彼には、そう見えるのだ。私は豆を手に取る。たしかに、地味にしか思えなかったそのベージュは思い込んでいたより明るい色で、物怖《ものお》じしない安心感があった。

いつのまにかやってきた猫が、彼の膝の上に乗る。そして体を長く伸ばした。

白。画用紙みたいに。

それを見て、目が覚めるような気がした。私たちは色を失くしたりしない。色のない世界に私たちはいない。そのときの自分が持つ色で、人生を描いていくのだ。

「俺」

彼がぽつんと切り出した。

「ギャラリーを作ろうと思うんだ。京都で画廊をやってる知り合いが経営講座を開いていて、この三日間、いろいろ話を聞きに行ってきた」

私は大きく目を見開く。

「絵を買って、売るの？」

「うん、そうだよ」

「これから、そういうことをするの？」

「うん」

彼は一縷《いちる》の逡巡《しゅんじゅん》もない様子でうなずき、ほほえんだ。

「今の俺なら、やっとできると思うんだ。ほんとうにやりたかったこと」

そして彼は、ひと呼吸置いたあと、静かに私を見つめた。

「またここで、暮らさないか」

なんでもない言い方だった。強くもなく弱くもなく、熱くもなく冷たくもなく。

「私ね」

唇から言葉がこぼれる。

「心療内科に、通っているの」

彼は驚かなかった。

「そうなんだ」

「そうなの。電車に乗っているときに息ができなくなって、怖くなって、いろんなことが不安になって、薬を飲んでいるの」

彼は「それは、しんどいね」と穏やかにうなずき、こう続けた。

「でも、誰でも起こりうる普通のことだよ。内科や眼科に通うみたいに。今、ちょっと体の調子が悪いっていう、それだけだよ」

オーナーとまるで同じことを言うのでびっくりした。本当に、それぐらい普通のことなのだ。私は、自分が元気なときはそんなこともわからなかった。彼はいつ、どんなふうにそれを感じたのだろう。

「だけど、私はひとりでやっていきたいって出て行ったのに、病気になったからってここに戻ってくるなんて、あまりにも勝手すぎる」

気がつくと私は泣いていた。

私たちは、ずっとずっとふたりだった。いろんなところに行って、いろんなものを見て。一緒に遊んだり一緒に仕事したり一緒に暮らしたりして。

疑問など必要なかったのだ。ふたりの日々そのものが、すべての答えだったのだから。

「私は……私は、自信もないくせに見栄《みえ》っ張りで、もう若くもなくて、それなのにいつまでも未熟で」

彼はふっと、おもしろいことを聞いたように笑った。

「奇遇《きぐう》だね。俺もまったく同じだ」


言葉にならない想いが、涙に混じってあふれてくる。

彼といても心が動かないなんて。何も進まないなんて。

わかっていなかったのは私のほうだ。

彼が私に与えてくれていたのは、ただそばにいるという何よりも深い愛情だったのに。


「堂々としていればいいんだ」

そう言って彼は、私の涙を指の腹でそっとぬぐった。

「俺は君の気高《けだか》い生命力を知ってるよ、レイ」


彼の手が、私の頰を包みこむ。

私は目を閉じた。そして今度は離さないように、自分の手を重ねる。

私の大好きな、スクエアなブーの親指に。

エピローグ

蒼《そう》という漢字は「Blue」の意味を持つらしい。

「だから俺の名前は、Blueなんだ。I'm Blue.」

それが、わたしと彼が初めて話したときに交わした言葉だった。

当時、画家を志《こころざ》していた二十歳《はたち》のわたしは、メルボルン市内でアルバイトをいくつも掛け持ちしながら、水彩画をメインに絵を描いていた。

職場のひとつに、画材屋があった。古い雑居ビルの一階で、ありとあらゆる画材をたくさん揃《そろ》えている小さな店だ。

あるときわたしは、自分で描いた絵を店に飾らせてほしいと店主に申し出た。その脇で画材の使い方の実践を見せれば、商品の売り上げにつながるかもしれないと。

店主は「いいね、やってみたら」と承諾《しょうだく》してくれた。そこで絵を売ることはできなかったが、作品を人に見てもらえる機会が少しでもできるならありがたいことだった。

とにかく貧乏だった。額縁《がくぶち》など買う余裕もなく、店の商品を借りることもできなかったので、わたしは倉庫に転がっていた埃《ほこり》かぶった額縁を使わせてもらうことにした。

店に飾った第一号は、ヤラ川の風景画だった。川沿いでくつろぐ人々、立ち並ぶビルの群れ、晴天の空。

その絵の前で、興味深そうに立ち止まってくれたのが彼だ。

彼はデザインスクールに通う学生だった。時々店に訪れていたので、お互い顔ぐらいは認識していたと思う。彼はしばらくその絵を見たあと、空の部分を指さして「物語的《ナラティブ》な青だ」と言った。つぶやくように。

ジャック・ジャクソン。絵の下に貼られたネームカードを見て、それがわたしの名前だと知ると、彼も自己紹介をしてくれた。「蒼」という漢字を、紙に書いて説明しながら。

「でも日本人はみんな、Blueをブルーって発音するんだよな」

彼のネイティブな発音では、日本人には「Boo」と聞こえるのだという。

アイム・ブー。

しかし、それはそれでファニーなニックネームだと、彼はかなり気に入ったらしい。自分からわざと「Boo」と言うようになり、わたしにも好んで「ブー」と呼ばせた。

ブーとわたしは、それからすぐに打ち解けて親しくなった。

彼のご両親は画商をしており、小さいころから美術に触れる環境にあったのだろう。ブーは自分でも絵を描くことはあったようだが、それよりも鑑賞していろんなことを考えることのほうが性《しょう》に合っていると言っていた。

ある日、バーベキューから帰ってきたブーが、ふわふわした顔で画材屋に寄り、「素敵な日本人の女の子に会った」と話してくれた。

「聞いてくれよ、ジャック。彼女、茜《あかね》っていう名前なんだよ？　茜って、Redのことなんだ」

RedとBlue。赤と青。

運命だろ、とブーはとろんとした目で言った。

しかし、ほとんど一目ぼれだったにもかかわらず、彼は受け身の姿勢だった。連絡をただ待つだけ。留学生である彼女の大学名は聞いていたのだし、バーベキューの主催者をたどっていけばコンタクトを取ることは可能なはずなのに。

「怖いんだ」

ブーは言った。

「自分から飛び込んで、相手のいる場所がどんな世界なのかわからないことが。俺の海に来てくれれば、もてなせる。そんなふうにしかつきあえなくなってるんだ」

そう話すブーは、逃げ場がないような苦しい目をしていて、そばにいるわたしの胸まできしませた。

二週間後、彼女から電話がかかってきたときのブーの喜びようといったら。

しかも彼女に誘われた初めてのデートはビクトリア国立美術館だ。ブーにとってはお得意のテリトリーのひとつだっただろう。

ブーは嬉《うれ》しくなって、彼女にノリで唐突《とうとつ》に「茜はRedだね」と言ったらしい。すると彼女は、きょとんとした顔で「レイ？」と訊き返してきたのだそうだ。

日本人はRedをレッドと発音するという。ここでもまた不正確に、ブーの言うRedは彼女には「レイ」と聞こえてしまったようだった。

しかしブーは、その聞き間違いにいたく感動していた。

「レイって、彼女には茜よりも似合っている名前だと思った」と。

そしてそれは、彼女にとっても心地よい響きだったのだろう。もっとも、はじめのうちは「メルボルン限定のニックネーム」としか捉《とら》えていなかったのかもしれないが。

期限つきの恋愛なんだ、とブーは言っていた。レイが日本に帰るまでの。

だからお互いに、今を大切にするんだ。それでいいんだよ。

彼はいつも笑っていた。楽しそうに。

でも、別れの日が近づいてくるとその笑顔には陰《かげ》りが見られた。納得などしていないことは、わたしの目から見てもあきらかだった。

「絵を、描いてくれないか。ジャック」

年が明けてすぐ、ブーが言った。レイの写真を一枚、差し出しながら。

「俺の中だけでいい、彼女をメルボルンに留《とど》めておきたいんだ」

写真の中のレイは、ちょっとだけ怒ったような表情をしていた。道を歩いているところを呼び掛けて、振り向きざまに撮ったのだという。とにかく写真を撮られることを嫌がるし、一緒に写ろうと誘っても逃げられてしまうと言っていた。

長い黒髪。触れたら手が切れてしまうのではないかと思うほど、まっすぐな。

「すてきな髪だね」

ブーに写真を返し、わたしは言った。

「いいよ。前から東洋人の女性を描いてみたかったんだ」

ただ、もうあまり日にちがなかった。レイの帰国は十日後に迫っていた。

それでわたしは、エスキースだけ描かせてもらうという提案をした。

だったら、半日もあればいい。あとはじっくりと筆をのせて完成させようと考えた。

それが今後のわたしの画家人生さえ左右することになるとは、つゆほども知らずに。


翌週、私の住む狭いアパートに、ふたりはやってきた。

レイはブーの後ろで、ちょっと緊張気味に立っていた。肌が透き通るように白い。長く細い髪の毛は、さらさらと音がしそうだった。

わたしに気を遣ってのことだろう、ブーもレイも、英語でしか話さなかった。レイの英語はきれいで聞き取りやすかったし、わたしの言うことも彼女はほぼ確実に理解しているようだった。

ふたりは似ていた。

顔の造《つく》りや背格好は違う。けれど、明るく、あるいは硬く見せている外側とは裏腹に、内側では不安定な臆病《おくびょう》さをひっそりと抱《かか》えている気配が共に感じられた。

さびしさをごまかすようにしてブーは部屋の中をうろうろ歩き、レイはかたくなな表情で椅子《いす》に座っていた。

木炭での下描きを終えると、イメージが強く湧《わ》いて出た。

赤いブラウス、青い鳥のブローチ。

そのツートンの組み合わせを見ていたら、他の色は何も必要ないように思えた。

わたしは迷わず、赤と青の絵の具だけをパレットに絞《しぼ》り出した。

すっと流れる、レイの長い髪の毛。まずたっぷりと青を含ませた筆を、白い画用紙にすべらせ……。

そこで、はっとした。

――ペインティング・ナイフ。

どうしてそんなことを思いついたのか、自分でもわからない。

天啓《てんけい》というのなら、そうかもしれない。

頭の奥で何かがぱちんと弾《はじ》けたような、遠い遠い国から光の粒が飛んできたような。

水彩画にたどりつくまで、わたしはいろいろな画材を使って絵を描いていた。クレパス、色鉛筆、そして油絵も少々。

水彩画をメインにしてからは使わずしまいこんでいたペインティング・ナイフを探し出し、わたしは逸《はや》る気持ちを抑えながら再びイーゼルの前に立った。

青で塗ったレイの髪に、今度は少量の赤い絵の具をのせる。紫がかった青が生まれた。絵の具で紙が濡《ぬ》れているうちにすぐ、ペインティング・ナイフの先を走らせる。

スクラッチ。

シャッ、と音がして、そこに一筋の白線が浮かび上がった。

つかんだ、という手応《てごた》えがあった。

レイの髪の輝きを表現するための、秀抜《しゅうばつ》な道具をわたしは持っていたのだ。

それまでわたしは、自分の絵が無個性であることに悩んでいた。そこそこ無難には描けるのだ。しかしそれでは世に評価してはもらえない。わたしでなければならないという特出した何かを探し求めていた。

高まる心で髪を描きながら、それをようやく見つけた気がした。もしかしたら、これが。

そしてもうひとつ感動的なことに、わたしはそのあと、目のくらむような美しい情景と居合わせることになる。

それまでおしゃべりしていたブーがふと黙り、いつしかレイとふたり、目を合わせていた。その隣で筆やナイフを動かしながら、わたしは空気が濃くなっていくのを強く感じた。

ひとことも言葉を発することのない、見つめ合う恋人たち。

わたしはレイをあらためてじっくりと見た。

するとどうだろう、目の前にいるレイの、せつない表情がどんどん光を放っていく。

頰《ほお》に薔薇《ばら》色が差し、眉《まゆ》が世にも美しい歪《ゆが》みを作った。

そして何よりも、その瞳。激しい感情を必死でこらえながら、そこに映るブーへの愛《いと》しさにあふれて潤《うる》んでいた。

なんとしても、この姿を描き留《と》めたい。

わたしは夢中で、画用紙の上にレイを写していった。絵描きとして、こんな瞬間に立ち会えるなんて無上の喜びだった。

しかし、少ししてふと、絵描きではなく友人としての想いがよぎった。

こんなにも好きなのに……。

ふたりはもうすぐ、離れ離れになるのだ。

ちらりとブーを横目で見ると、涙が頰に線を作っている。

わたしまで胸が痛くなり、画用紙に目を落としたそのとき。

ガタンと大きな音がした。

びっくりして顔を上げると、彼女が座っていた椅子が床に倒れていた。

レイが勢いよく立ち上がったのだ。

そしてそれとほぼ同時に、ブーも飛び立つかのように腰を上げた。

ふたりは同じ速度で走り寄り、抱きしめ合った。強く、強く。

変わらず言葉はなく、ただただ泣きながら、互いの気持ちをしっかりと確かめながら。


わたしはそのエスキースを完成させたが、そこから「本番」として新しく描き起こすことはしなかった。

必要がなくなったからだ。リアルタイムであんなシーンを描くという幸運に見舞われたのだ。いくら手をかけたって、それ以上の作品になるはずがない。

その絵に『エスキース』というタイトルをつけたのは、ブーだ。

これから思い描いていくふたりの未来、それがエスキースそのものだと。

彼は、感謝を込めてわたしから『エスキース』を買うと言った。

「値段はジャックが決めてくれ」

わたしには決められなかった。御礼をしたいのはむしろわたしのほうだった。

考えた末に、わたしは言った。

「お金はいらないよ。ただその代わり……できることなら、たくさんの人たちにこの絵を見せてくれないか」


レイが帰国したあと、ふたりの恋は「無期延期」となったのだと、ブーは笑いながら教えてくれた。

互いに大学やデザインスクールに通いながらの一年間、遠距離恋愛というものはふたりとも初めてだったらしい。相手を求め、思いやる気持ちは、会えない不安を超えてあたたかく育っていった。

レイは大学を卒業すると貿易会社に就職した。大学時代と同じように、実家から通える職場だった。しかし半年もしないうち、彼女は実家を出ることになる。

ブーが日本へと飛び出したからだ。彼にはとてつもなく大きな決断だったに違いない。

ずっと行きたいと思いながら、きっかけも勇気も持てなかった日本。

でも彼にはようやく「理由」ができた。レイがいるという、何よりの。

だから、ブーを日本へと連れ出してくれたのはレイだ。時々わたしにも話してくれた「竜宮城《りゅうぐうじょう》」から、彼はやっと出ることができたのだ。

ブーはほとんど身ひとつで、メルボルンから初めて日本に渡った。

レイの住む街、静岡へ。


静岡でふたりはアパートを借り、一緒に暮らし始めた。

表札には、ふたつの名前が並んだ。

円城寺《えんじょうじ》蒼、立花《たちばな》茜。

ブーはグラフィックのスキルを活かしデザイン会社で職を得て、少しずつ日本になじんでいった。

そうしてふたりには、夢ができた。

お金をためて、東京に出て、自分たちの画廊を持とうと。


その夢は、さほど障害もなくスムーズに実現した。

ふたりは都内に小さな画廊を構えた。ブーは美術の造詣《ぞうけい》が深く、国は違えど画商としてのノウハウはある程度理解していた。「円城寺画廊は良い作品を揃《そろ》えている」と評判も上々だったらしい。１ＤＫの古い部屋で身を寄せ合いながら、彼らは画廊経営に全力を注《そそ》ぎこみ、夢を大きくふくらませていった。

三年ほどしてから、複数のギャラリーと共同でグループ展を開催することになったと聞いた。販売ではなく、あくまでも展示を楽しむイベントだという。とっておきの作品を出展するというコンセプトで、『エスキース』もリストアップしたとブーはメールで報告してくれた。

そのころ、わたしの絵はメルボルンで少しずつ認められてきていた。

『エスキース』を描いてからのわたしは、ペインティング・ナイフの使い方をあれこれと模索《もさく》し、オリジナリティを見つけ出していった。翌年、コンクールで小さな賞を獲《と》り、そのおかげで美術関係者との繋《つな》がりができたり、わずかながら作品を発表する場が与えられたりした。ペインティング・ナイフはわたしにとって、かけがえのない相棒になった。

アルバイト先の画材屋で何度か絵を飾らせてもらっていたことも、功を奏した。それを見た人たちが、じわじわと口コミで広めてくれたのだ。まだ絵画一本だけでは生活は苦しかったけれど、ひとつ依頼を受けるとリピートしてもらえることが多くなっていた。

「日本に遊びに来ないか。イベントに招待するよ」

ブーの申し出を、わたしは喜んで受けた。それがわたしにとって初めての日本訪問だ。

久しぶりの再会だった。ブーとレイと、『エスキース』との。

レイが髪の毛を短く切っていたことには驚いた。でもそれは、とてもよく似合っていて、チャーミングだった。そのとき彼女はもう三十歳を過ぎていたけれど、『エスキース』の中にいる赤い服の女の子よりもうんと無《む》邪《じゃ》気《き》で快活な笑顔を見せてくれた。

ふたりの心がぴたりと寄り添い合い、人生が彩り豊かになっていくのを、わたしはまぶしく見つめた。彼らの歴史の証人になれたことを光栄に感じながら。

そしてもうひとり、思いがけない奇跡の再会。

イベント会場に展示されていた『エスキース』は、思わず声を上げてしまいそうなほど素晴らしい額縁に収められていた。スマートで慎《つつし》み深く、それでいてゆったりと包み込むような。額縁の四隅には、瀟洒《しょうしゃ》な羽根の線刻。そしてなんといっても、箔《はく》の色が心を捉えた。派手さを抑えつつも華やかさを湛《たた》え、絵の色彩とも絶妙にマッチしている。若干の青味が含まれたシックなゴールド。

美術界で俗に言うところの、「完璧《かんぺき》な結婚」だった。

「額職人に作ってもらったんだ」と、ブーは言った。

いったいどんな人なのだろう。どうして、わたしの絵をここまで理解し愛してくれているのだろう。

「今日、このあとイベントに顔を出すって言ってたよ」

その言葉に、そわそわと待っていたわたしのところに現れたのは……。

空知《そらち》。

彼はわたしの姿を見ると目を輝かせ、子犬のように走り寄ってきた。そしてたどたどしい英語で一生懸命、メルボルンの画材屋で出会ったときのことを話し始めた。途中からは、くしゃくしゃの笑顔で頭を抱えながら早口の日本語でブーにまくしたて、英語に通訳してもらっていた。

もちろん、わたしも覚えていた。アーツ・センターの絵を、瞬《まばた》きもせず見入っていた日本人の青年。赤い東京タワーを描いてくれたことも。

翌日、わたしたちはみんなで東京タワーにのぼった。もともとわたしが「東京滞在中に行きたいところ」として選んでいたのだ。

展望台から街を見下ろしながら空知はため息をつき、少しだけ涙目になってブーに日本語で何か言った。ブーが優しくほほえみ、私に英語で伝えてきた。

「夢が夢を超えることもあるんだって、彼が言ってる」

空知はわたしに会うためにメルボルンへ行こうと思っていたらしい。それが、こんなに早くに日本で会えて、一緒に東京タワーにのぼることになるなんて。

わたしもだよ、空知。思ってもみなかった。

『エスキース』に、あんなに居心地のいい場所を与えてもらえるなんて。あの絵とあの額は、百年先もずっと一緒だ。

円城寺画廊をたたむという手紙を受け取ったのは、それから十年にも満たない歳月が過ぎたころだ。

四十歳を間近に、わたしは日本でも個展が開けるようになっていた。それはまぎれもなく円城寺画廊のおかげだ。彼らは積極的にわたしの絵を扱ってくれた。客やメディアからお勧めの画家を訊《き》かれると真っ先にわたしの名を挙げてくれた。

しかしその一方で、ブーには画廊経営を続けていくことに葛藤《かっとう》が生じていたらしい。

絵が好きで、絵に囲まれて、絵を人に勧めて売って……。楽しいばかりだと思っていたその仕事の、ダークサイドから逃《のが》れられないことがだんだん苦しくなってしまったのだろう。

「これじゃあ、父さんや母さんと同じだ」

手紙にはそう書かれていた。

芸術とビジネスが絡《から》み合うとき、どうしてもきれいごとでは済まされないゾーンがある。絵や画家に対する熱意だけでは回らない。扱いたくない商品を求められることもあるし、自分の推《お》したい絵が粗末《そまつ》に扱われていくのも目にしなくてはならない。裏取引の実情があることも、無視はできなかった。

とりわけブーを悩ませたのは、絵の「値段」だ。

それは変動的であり、ブーにとっては時として不可解だった。

どうしてこの絵にこの金額が？　低いにせよ高いにせよ、彼が思う設定に見合わない状況に直面すると、ブーは動くことができなくなった。

レイとはケンカが絶えなくなったらしい。彼女はブーに比べれば、実利的に物事を考えられる人だった。画廊の経営を続けていくためには、多少目をつぶって受け入れなくてはいけないこともある。それを礎《いしずえ》に、さらに大きくなっていけばいいのだ。商売ってそういうものでしょうと。

「俺は間違っていた。絵の値段を、描いた画家でもない他者が決めるなんて、野蛮《やばん》だ」

ブーはそう言い、画廊経営から降りた。

レイにしてみれば「何を今さら」というところだろう。だって、それが画商の仕事なのだから。

ブーの言うことは、わたしにもなんとなくわかった。

無名時代には誰にも見向きもされなかったわたしの初期の絵も、後に描いた他の作品が評価されジャック・ジャクソンの名前が知られるごとに、急に値段が上がっていくのだ。

絵は何も変わっていないのに。

変わるのは、世の中の価値観だ。描いた本人の想いとは無関係に。

ブーの苛立《いらだ》ちは、絵画を愛するがゆえの苦悩だったのだと思う。

でも今のわたしは、思うことがある。

不思議なことに絵画は、たくさんの人に見られて、たくさんの人に愛されていくうちに、勝手にどんどん成長していく気がするのだ。描き手から離れたあと、自《おの》ずと力がついていくような。

あれはなんなのだろう。芸術作品はみな、人々の目に映ること、心に住むことで、息吹《いぶ》いていくものなのかもしれない。発する側ではなく受けた側が何かに込める祈りや念のようなものを、わたしはシンプルに感じ取っている。


円城寺画廊を閉じたあと、ブーとレイは「カドル」というカフェを開いた。フランス語で「額縁」を意味するその名を店につけたことに、画商をやめても絵画から離れることがない彼の想いが漂《ただよ》っていた。

ブーはカフェ経営を楽しんでいたようだが、レイはくすぶっていたみたいだ。ケンカできればまだいいほうで、口を利《き》かなくなったとブーはこぼしていた。

それでも、カフェの中にはふたりの大好きな絵をたくさん飾り、訪れる客は「まるで画廊のようだ」と言っていたというから、そういう意味ではそれが本当にブーの願っていた光景だったのかもしれない。

髭《ひげ》の剃《そ》り跡が青くなってしまうことを気にして、いっそ剃らなくてもいいようにとブーが顎鬚《あごひげ》を生やしていたのもこのころだ。

あるとき、漫画家の雑誌対談の場としてカフェが使われた。ブーはその掲載誌を一部、わたしにも送ってくれた。

そのページはカラーで、対談記事の真ん中に大きく写真が載っていた。

タカシマ剣《つるぎ》、砂川凌《すながわりょう》というふたりの漫画家。その間に『エスキース』があるのを、わたしはどれだけ幸福な気持ちで眺めただろう。

しかし、カドルの経営も長くは続かなかった。

開店して七年ほど経《た》ったころ、すぐ近くに大型チェーンのカフェができたのが大きな要因だった。ただでさえ少なかった客足はぴたりと途絶え、乗り越えられない赤字の連続にやむを得なく閉店を決めた。

ふたりはそれぞれに新しい職を探した。

円城寺画廊やカドルを経営していたころからブーは、デザイン会社での経験を活かしてチラシやパンフレットを自分で作っていた。それで昔のツテをあたりながら、フリーでデザイナーの仕事を受けるようになった。

レイは輸入雑貨店で働き始めた。

その店のオーナーは、レイがメルボルンで留学生だったころ、アルバイト先の先輩だったユリさんという女性だ。帰国してからもゆるく関係が続いていて、カフェの閉店を知り声をかけてくれたのだという。

「リリアル」。白いユリの輝き。店名を聞いてなるほどと、わたしはうなずいた。

メルボルンでレイをバーベキューに誘ってくれたのもユリさんらしい。彼女がいなかったら、ブーとレイは出会うこともなかっただろう。

運命の仕掛け人は、どこにいるかわからない。そして本人はたいそうなことをしたという自覚がないのが、おもしろいものだとつくづく思う。

二年前。

一月の終わりに、ブーがメルボルンにひとりでやってきた。

わたしはシドニーで開催された個展から戻ってきたばかりで、ギャラリーやショールームからの依頼を抱えて慌《あわ》ただしくしていた。

ブーから連絡を受け、時間を作って彼が泊まっているホテルのラウンジで会った。ご両親にはメルボルン滞在を知らせていなかったようだ。

ブーはなんだか、真っ白な顔をしていた。

「………これを、返しに来たんだ」

厚手で頑丈な、大きな布袋を、そっと渡された。

物憂《ものう》げな彼の表情から、その中身がすぐにわかった。『エスキース』だ。

彼はぽつぽつと、言葉少なにわたしに伝えてくれた。

レイがマンションを出て行ったこと。これからの人生は、ひとりでちゃんとやってみたいと彼女に言われたこと。

「ずっと、心のどこかで思ってた。俺がレイの人生を、狂わせてしまったのかもしれない。俺のやりたいことにつきあわせて、結局何も達成できなくて。彼女がひとりでやっていきたいなら、俺はもう邪魔はできないと思ったんだ」

袋の中をのぞくと、白い包装紙が見えた。額に収まった状態の絵が箱に入れられ、さらにていねいにラッピングされているのだ。まるでギフトのように、ていねいに。

ブーはこれを、航空便で送ることなどできなかったのだろう。しっかりと抱きかかえ、わたしに手渡したかったのだ。

弱々しい笑みを浮かべながら、ブーは言った。

「ごめん。俺はもう、この絵を持っていられない。でもだからって、処分することも、誰かに譲ったり売ったりすることもできない。だからジャックに返させてくれ」

わたしはうなずき、そして布袋ごと、彼からしっかりと受け取った。

「………これでよかったんだ」

うつむいてそう言うブーの声が、ふるえていた。

わたしは静かに訊《たず》ねた。

「メルボルンに、戻ってくるかい？」

ブーはしばらく黙ってテーブルの縁《ふち》を見ていた。

そしてふと頬をゆるませ、わたしの質問からは少し外《はず》れたことを口にした。

「メルボルンは今真夏だけど、日本は真冬なんだよ、ジャック。不思議だよな。マンションの窓の結露《けつろ》がひどくてね、掃除しないと」

思えば、あのときブーは決意をしたのかもしれない。

レイの幸福を願いながら、その一方で、彼女と暮らしたマンションで待っていようと。

いつでもレイが帰ってこられる場所で。

そしてそれはきっと、たとえレイが不在だとしてもブーが帰る場所でもあるのかもしれなかった。

この世界に、たったひとつの。

昨年二月。

なんとなくわたしからは連絡ができずにいたブーから、電話があった。

レイが帰ってきたという、照れくさそうな報告だった。

そしてこれからブーが、新しく画廊を作る予定だということも。

『エスキース』をやっぱり戻してくれとは、ブーのほうからは言いにくいだろうとわたしは思っていた。

画廊に飾ってもらえればと思ったが、あのときの彼と同じように私も、この絵は航空便に載せたりせず自分で手渡したかった。あのラッピングもそのままに。

だからわたしは、ひそかに計画した。画廊がオープンするときが来たら、この絵を持って彼らに会いに行こうと。

しかしそのプランは、少し異なる展開を見せることになった。

今朝のことだ。ブーから電話があった。

レイと復縁したという報告から、さらに一年が経っていた。

「いよいよ、画廊を開く日が再来月《さらいげつ》に決まったよ」

おめでとう、とわたしは心から祝いの言葉を述べた。

円城寺画廊から手を離したはずのブーが、なぜまた新しく画廊を経営しようと思ったのか。彼はすっきりとした口調《くちょう》で話してくれた。

レイと別れていた一年間、ブーはたくさんのことを考え、たくさんのものを見て、手探りで自分の人生と向き合っていった。メルボルンでは親元で暮らし、日本ではレイといた彼にとって、ひとりで自分と見つめ合う初めての時間だったのだ。

気持ちが不安定になったり、疲れているのに眠れない日が続いたりすることもあったという。猫との出会いと暮らしが、彼に安らぎをもたらせてくれたのは幸いだった。

そしてブーが決めたのはやはり、画商の道だった。

自分が本当に素晴らしいと感じた画家の絵を世に送り出すこと。

レイと一緒に夢だけを抱いて上京してきたばかりのブーとはもう、経験値も知識量も関わる人々も違っていた。彼のさまざまな課題を解くクリアな目とタフな精神が、鍛えられつつあった。年を取るのも悪くない、とブーは笑った。

自分たちの親から離れて、日本を飛び出したブーの両親。

その両親から離れて、日本に戻ったブー。

彼はもう、居場所に迷うことも、自分が何者であるかに悩むこともないだろう。

電話の向こうでブーが言った。

「それで、『エスキース』なんだけどね。やっぱり戻してもらおうかなって……」

ああ、それなら、わたしが君たちのところに持って行くよ。わたしがそう答えるよりも先に、ブーがこんなことを言った。

「そう思ったんだけど、これからは、ずっとジャックに持っていてほしいんだ」

「え？」

「たぶんもう、ジャックのもとにあったほうが、たくさんの人に見てもらえると思う」

ブーはきっぱりと言った。

私のことを、世間で認められた画家だと思ってくれている気持ちがよく伝わってきた。

それに、とブーはやわらかく笑った。

「俺たちは、これからやっと本番の絵を描き始められる気がするんだ」

わたしも思わず、笑みをこぼす。

そうか、やっぱりそうなったんだ。

エスキース。

デッサンやスケッチなどと意味合いは似ているが、決定的に違うことがある。

それを元にして、本番の作品を必ず完成させる。描き手にその意志があるということ。

わたしが描いた水彩画は、図《はか》らずも、それがそのまま本番の作品になった。

しかし、ふたりにとってのエスキースの本番を描くのはわたしではない。

ブーとレイ、彼ら自身の手によってのみ、完成させることができるのだから。

「レイは元気？」

わたしは訊ねた。昨年、少し体調を崩してリリアルを休んでいると聞いていたからだ。

ブーは「うん」と嬉しそうに答える。

「最近、店に立ってるよ。そしてね、来月、画廊のオープン前に一度、ふたりでメルボルンに行こうと思ってるんだ。会えるかな」

もちろん、大歓迎だ。ふたりが仲良く飛行機に乗っている姿を思い浮かべ、わたしは喜びをかみしめた。

ブーとの電話を切ったあと、わたしは作品を保管している専用の小部屋に向かった。

わたしは今、自宅の他にアトリエを持っている。

ここで絵を描いたり、ミーティングをしたり、インタビューを受けることもある。
小部屋の奥に、大切にしまっておいた布袋。
贈り物のように包まれたラッピングペーパーを、わたしはようやくほどく。

箱の中から、姿を見せた『エスキース』。
久しぶりの対面だった。

この絵を描いてから、三十一年が経った。わたしはもう、五十一歳だ。
わたしは『エスキース』に語りかける。

長い旅をしてきたね。
君はわたしの知らない景色をたくさん見てきたことだろう。
数多くのいろんな人に会ってきたことだろう。
彼らはそこで何を想い、どんな会話をしたんだろうね。
それをわたしは知る由《よし》もない。それが、いいんだ。とても。
わたしにはできないことを、君がしてくれたことが嬉しいから。

わたしは今も画家であり続けているよ。あちこちで展覧会を企画してもらえるようになって、画集もいくつか発表した。いろいろな国に呼ばれるようになった。

ちょっとした個展が開けるぐらいの、自分のアトリエを持つこともできたよ。

わたしのファンだという人たちが応援してくれる。わたしの絵を愛し、楽しみにしていてくれる。そのことに支えられて、ここまでこられたよ。

すべては君から始まった。

ペインティング・ナイフをすべらせたあの瞬間から。

凡庸《ぼんよう》だったわたしの絵に与えられたひとつの個性。

あのときわたしは、画家志望ではなく、画家のジャック・ジャクソンになったんだ。


わたしは慎重に額を持ち上げ、『エスキース』を壁にかけた。

普段わたしが一番長い時間を過ごす、いつも絵を描いている場所に。

わたしを、画家にしてくれた絵。

絵は、死すことはない。

画家が果てたとしても、見る人がいる限り未来永劫《えいごう》に生き続ける。

ここで、わたしを見ていてくれ。
デッサン用の鉛筆一本買うことさえ苦労していたころの、初心を忘れないように。
絵を描き続けるわたしを励ましてくれ。
そして少しでも傲慢《ごうまん》になりそうなときは、叱《しか》ってくれ。

壁にかかったその絵の前に、わたしは立つ。

美しい額縁に抱かれ、『エスキース』は多くを語り出す。わたしだけにわかる言葉で。
わたしは愛しいその姿と向き合い、ほほえみかける。

ああ、いい絵だ。

写真／加藤新作

装丁／岡本歌織（next door design）

絵（カバー表1）／U-ku

絵（カバー表4）／山口大介

額縁製作・装丁／Marukatu-Art-Studio

本書は書き下ろし作品です。
本書はフィクションであり、実在の人物・団体とは一切関係ありません。

〈著者略歴〉
青山美智子（あおやま　みちこ）
1970年生まれ、愛知県出身。横浜市在住。
大学卒業後、シドニーの日系新聞社で記者として勤務。２年間のオーストラリア生活ののち帰国、上京。出版社で雑誌編集者を経て執筆活動に入る。第28回パレットノベル大賞佳作受賞。デビュー作『木曜日にはココアを』が第１回宮崎本大賞を受賞。『お探し物は図書室まで』が2021年本屋大賞２位に選ばれる。他の著書に『猫のお告げは樹の下で』『鎌倉うずまき案内所』『ただいま神様当番』『月曜日の抹茶カフェ』など。

赤と青とエスキース

2021年11月23日　第１版第１刷発行
2022年４月20日　第１版第８刷発行

著　者　　青山美智子
発行者　　永田貴之
発行所　　株式会社PHP研究所
東京本部　〒135-8137　江東区豊洲5-6-52
第三制作部　☎03-3520-9620（編集）
普及部　☎03-3520-9630（販売）
京都本部　〒601-8411　京都市南区西九条北ノ内町11
PHP INTERFACE　https://www.php.co.jp/
組　版　　有限会社エヴリ・シンク
印刷所　　大日本印刷株式会社
製本所　　株式会社大進堂

ISBN978-4-569-85064-1